UN249163

ラウル
ミラ
登場人物紹介

マリーレ
エリアーノ
ジェイダー
アーサー
リロイド

「聖なる光よ、
闇を打ち払え【浄化】!!」
ミラの聖魔法によってドラゴンは弱体化し、ただのトカゲ型の魔物になってしまう。
ラウルは間髪入れずにすべて切り捨てた。

偽聖女!? ミラの冒険譚

〜追放されましたが、実は最強なのでセカンドライフを楽しみます!〜

Micoto Sakurai
櫻井みこと

CONTENTS

第一章

追放された聖女

それはロイダラス王国の聖女であるミラが、日課である朝の祈りを終え、神殿内の自分の部屋に戻ろうとしていたときのことだった。

王城の隣にある神殿は長い歴史のある建物だったが、数年前に改築したらしく、真新しい床が窓から差し込む太陽の光で輝いていた。

少し冷たい早朝の空気は澄んでいて、清々（すがすが）しい。

魔物が蔓延（はびこ）るこの大陸で、これほど空気が澄んでいる場所は稀（まれ）である。

百年ほど前から徐々に数を増やして人類を圧倒しつつある魔物は、斃（たお）されると瘴気（しょうき）を出し、人々を苦しめている。その瘴気は人間を含めた生き物に悪影響を及ぼし、この世界を蝕（むしば）んでいた。

ミラの仕事は、魔物が放つその瘴気から、この国を守ることである。

聖女であるミラは祈りを捧（ささ）げることによって瘴気を浄化し、清浄な空気に戻すことができた。さらに王都には、魔物の侵入を防ぐ聖なる結界を張っている。

そんな聖女ミラの前に姿を現したのは、このロイダラス王国の王太子で、ミラの婚約者でもあるアーサーだった。

「あ、アーサー様」

彼の姿に気がついて、ミラは柔らかな笑みを浮かべた。

朝の挨拶をしようと身を屈（かが）めたミラは、次の瞬間、その婚約者であるはずのアーサーに突き飛ばされていた。

「きゃっ」

悲鳴を上げて倒れるミラを、彼女に付き添っていたシスターが慌てて抱き起こし、王太子に非難の眼差(まなざ)しを向ける。

彼女は、この国を魔物が放つ瘴気から守っている聖女なのだ。たとえ王太子であろうと、乱暴をするなど許されることではない。

「アーサー様？」

シスターに支えられたミラは、呆然(ぼうぜん)としたまま婚約者の名前を呼ぶ。

聖女としての勤めが忙しく、なかなか会うことはできなかったが、それでもいつも優しく労(いたわ)ってくれていた婚約者の変貌に、驚きを隠せなかった。

「気安く私の名前を呼ぶな。偽聖女め」

金色の髪に、青い瞳。

まさに王子と呼ぶにふさわしい外見をしているアーサーは、その端正な顔を歪(ゆが)めて吐き捨てるようにして言った。

「先ほど本物の聖女が見つかった。大神官が、我が国の聖女に間違いないと認定している。彼の証言で、お前は偽物だと判明した」

「……この国の聖女が見つかったのですね」

先ほどまでの狼狽(うろた)えた様子は消え失(う)せて、ミラは静かな口調でそう言う。

アーサーは、そんな彼女を忌々(いまいま)しそうに睨(にら)んだ。

「うまく成りすましたつもりだろうが、残念だったな。お前の悪事はすべて露見した。王都から……いや、この国から追放する」

「追放ですか。それは、国王陛下のご命令ですか？」

事情を察したミラは、もう動揺していなかった。淡々と尋ねる彼女に、アーサーは怒りを隠せないようで、声を荒らげる。

「父上は病に伏している。この私が国王代理だ。逆らうつもりなら、投獄するぞ。さっさとこの国から出ていけ！」

このロイダラス王国の国王は、数か月前に急な病に倒れていた。こうして王太子の彼が好き勝手しているところを見ると、その容態は思っていたよりも悪いようだ。

そんな王太子を諫める者も、誰もいないのだろう。

「……承知しました」

ここで反論しても無駄だ。そう判断したミラは、即座に返答するとその場から立ち去った。

付き添いのシスターが、慌てて後を追ってきた。シスターは周囲を見渡すと、小声で囁いた。

「姫様、どうなさいますか？」

「そうね」

懐かしい呼び名に、ミラは思案する。

「この国の聖女が現れたのなら、たしかに私は不要よ。偽物扱いされたのは癪だけど、このまま国に帰ることにするわ」

ミラは自国から連れてきたシスターとともに、そのまま身ひとつで神殿を出た。

だが、そんなミラを迎えたのは、今まで感謝を捧げてくれていた町の人たちの罵倒だった。

「この、偽物め！」

「よくも俺たちを騙したな！」

「あんな人を、聖女として崇めていたなんて……」

付き添いのシスターが、そんな彼らの視線からミラを庇うように前に立つ。

「姫様……」

気遣わしげな視線に、ミラは大丈夫だと言って微笑む。

でも今まで守ってきた人たちに罵倒されて、心が痛まないはずがない。それに、追放を言い渡されたのはつい先ほどのことなのだ。

それなのにもう、王都中に知れ渡っている。アーサーはあらかじめ、ミラが偽聖女であると正式に発表していたのだろう。

そこまで自分の存在が邪魔だったのかと、少し悲しい気持ちになる。

それに、ミラは偽聖女などではない。

今までずっと王都に結界を張って守り、魔物の瘴気を浄化していたことは、アーサーだって知っているはずだ。

それがなぜ、急にミラを偽聖女などと言い出したのか。

(他国出身の聖女は、もう不要ということね)

彼は、我が国の聖女が見つかったと言っていた。

このロイダラス王国に最後に聖女が誕生したのは、今から八十年ほど前だという。

今は病に伏しているロイダラス国王は、聖女の不在によって増え続ける魔物の被害にずっと悩まされていた。

それを解決するために、他国の聖女であるミラに、この国の聖女となってほしいと懇願したのだ。

聖女の力は一定の家系に受け継がれやすいようで、ミラの母である前王妃も、ふたりの姉も聖女である。

エイタス王国には聖女が四人もいたからこそ、その要請に応じて、ミラが出向することになったのだ。王太子であるアーサーも優しかったし、つい先ほどまではこのままこの国の聖女として生きるのも悪くはないと思っていた。

(それがまさか、あんな人だったなんて)

横暴なアーサーの態度を思い出すと、思わず溜息(ためいき)が出る。

彼は、ミラが唯一の聖女だったときは丁重に扱ってくれたのに、不要になった途端、態度を豹変(ひょうへん)させた。ミラが貴重な聖女だったから、優しくしてくれただけなのだ。

好意を抱きつつあっただけに、失望も大きかった。

(せっかくお母様が、私を国外に出してくれたのに)

でも、もうこの国にいることはできない。

何十年も生まれなかったあとに誕生した聖女は力がとても弱いらしいが、大神官が聖女であると保証したのだから、きっと大丈夫なのだろう。

(私の結界も、もういらないわね。下手に残しておくと、新しい聖女の邪魔になってしまうもの)

溜息とともに、結界をすべて解除した。

ミラが即座に王都を守る結界を解除したのは、アーサーに対する怒りが理由ではない。

新しい聖女が聖魔法を使おうとしたときに、ミラの結界が残っていると、うまく発動しないからだ。ミラの魔法はとくに他の聖女の魔法と相性が悪く、母や姉の魔法さえ発動しなくなることがあった。

いくらアーサーの仕打ちに腹が立ったとはいえ、さすがに新しい聖女の妨害までするつもりはなかった。

それでもこのまま王都に滞在していたら、どうなるかわからない。

一刻も早く、ここを出たほうがいいだろう。

「まさか、こんなことになるなんて」

落ち込むミラに追い打ちをかけるように、王都の城門には王立騎士団の騎士が待ち構えていて、ミラに向かって横柄に言った。

「この書類にさっさとサインしろ。お前のような者が、王太子殿下の婚約者のままだと困るのだ」

「……」

差し出された書類を見ると、そこには自分が偽物の聖女であることを認め、婚約解消に同意すると記されている。少し考えたあとに、ミラはそれにサインをした。

シスターは嘲笑う騎士を悔しそうに見つめていたが、後々、まだ婚約は成立していると主張されたら面倒なことになる。

もう二度と、この国にもアーサーにも関わりたくなかった。

王都に張られていたミラの結界はすでに解除しているし、魔物の瘴気を浄化する魔法も解除した。

ミラの結界の効果は、あと十日ほどで完全に消えるだろう。

その前に、新しい聖女が王都に結界を張り、瘴気を浄化する魔法が使えるようになれば問題はないはずだ。

しかし、少し冷静になると、不安にもなってきた。

魔物の勢いは日に日に増していて、聖女がいる他の国でさえ、被害が大きくなっている。

十年ほど前には、南方にあるリーダイ王国という国が魔物によって滅ぼされた。

ミラはまだ六歳だったので詳細は知らないままだが、王家の人間は死に絶え、多くの国民が難民となって、世界中に散らばったと聞いた。

さらに、長いあいだ聖女がいなかった国に、久しぶりに生まれた聖女の力は、とても弱いと言われている。魔物の瘴気が強すぎて、聖女の力をうまく使うことができないのだ。

もし、新しい聖女が弱い力しか持たなかったとしたら。

「……そうだとしたら、この国は滅びるしかないわ」

まっすぐな美しい白銀の髪に、紫水晶のような透明な瞳。

白い肌に純白の衣をまとったミラは、まさに天使のように見える。

だがその唇から発せられたのは、ひどく残酷な予言だった。

新しい聖女の能力次第では、この国も昔滅びたリーダイ王国と同じ運命を辿る可能性が高い。

それに加えて、ミラの受けた仕打ちを知れば、兄は激怒するだろう。

大陸最強の軍事力を誇るエイタス王国も、二度とこの国に力を貸すことはない。

「姫様？」

考え込んでしまったミラを心配して、シスターが声をかける。

「また国がひとつ滅びたら、大陸中に影響が出てしまうわ。エイタス王国だって、無傷ではいられないかもしれない」

「姫様のおっしゃる通りですが、リロイド様が、この国を許すはずがございません」

「……ええ、そうね」

何せ、兄には王太子との婚約を報告したばかりである。

それなのに今度は、婚約破棄と偽聖女として追放されたことを報告しなければならないのだ。

「リロイド様だけではありません。リーア様も、キリー様も、ミラ様の受けた仕打ちをけっして許さないでしょう」

ふたりの姉の名前を出され、ミラは曖昧に笑うしかなかった。

エイタス王国の第三王女ミラが、国王である兄とふたりの姉にとても可愛(かわい)がられていることは、エイタス王国に住む者なら誰でも知っている。

過保護な兄と姉がいては結婚相手を探すにも苦労するだろうと、わざわざ母が国外に出してくれたのだ。

それなのに、この有様だ。

「とにかく急いで国に帰らなくては。目立たない服を用意して頂戴。あなたも、もうシスターの恰(かっ)好(こう)をしなくていいのよ」

「はい。承知いたしました」

祖国からミラに付き従ってくれていた侍女は、頷いた。

王都を出ていけと言われても、国境まではかなり距離がある。旅支度も整えなくてはならない。

ミラは王都から一番近い町に移動すると、そこで用意してもらった服装に着替えた。

「姫様、これからどうなさるのですか？」

「その呼び方は駄目よ。誰かに聞かれたら大変だわ」

「わかりました。それでしたら、国に帰るまではミラ様と呼ばせていただきます」

「ええ、そうして頂戴」

そう答えたあと、ミラは首を傾げて、これからどうするか考える。

「そうね。旅支度を整えてから、エイタス王国に向かいましょう」

兄には連絡しなければならないが、国外追放を言い渡された身としては、のんびりと祖国からの迎えを待つわけにもいかない。

「でも旅をするにも宿に泊まるのにも、お金が必要よね……」

ここからエイタス王国に帰る道のりのことを思えば、少しは荷物を持ち出してくるべきだったのかもしれないと思う。それでもミラの所持品は、婚約者だったアーサーからの贈り物が多かった。

それを考えると、やはり置いてきて正解だったのだろう。

思案するミラに、侍女が声をかけた。

「姫……、いえ、ミラ様。実はアイーダ様より、いざというとき使うようにと、金貨を預かっておりました」

「え？　お母様から？」

アイーダとは、今や王太后となった母の名である。

「はい。ミラ様のためには国外に出たほうがいいかもしれない。でも少し心配だから、いざとなったらすぐに帰国できるように、とおっしゃっておられました」

私も、息子や娘のことを過保護すぎると笑えないわね。母はそう言っていたそうだが、今はそれがとてもありがたい。

「助かったわ。帰ったらお母様に、お礼を言わなくてはね」

母が持たせてくれた金貨は思っていたよりも多くて、これで何とか旅の支度を整えることができそうだった。

まずこの町で宿を借り、侍女に町の様子を探ってもらうことにした。

ミラはこの国の、王城の一部と神殿しか知らない。

それは、ずっと傍近くで仕えてくれていた侍女も同じである。旅をする前に、この国の事情を知る必要があるだろうと思ったのだ。

侍女は必要なものを買い求めながら町を回り、この国を取り巻く状況を探ってくれた。

それによると、町の人たちは新しい聖女の話ばかりしていたそうだ。

新しい聖女の名は、ディアロ伯爵家の令嬢であるマリーレ。

年齢は、ミラと同じ十六歳だという。輝く金色の髪に青い瞳をした、とても美しい女性らしい。

だがミラと同い年のマリーレがなぜ、今になって聖女の力に目覚めたのか疑問に思う。

もしマリーレが生まれてすぐに聖女だと認定されていたら、ミラがわざわざこの国に来る必要はなかったはずだ。

「それについては、わたくしも疑問に思ったので調査してまいりました」

侍女はそう言って、詳細を話してくれた。

聖女になったマリーレという女性は、どうやらディアロ伯爵の兄の遺児らしい。

十年ほど前に伯爵家の領地が魔物に襲われ、当時伯爵家の当主だったマリーレの父が殺されてしまう事件があった。

彼女もその際に行方不明になってしまい、弟である現在の伯爵が、どうにか探し出して自分の養女にしたそうだ。行方不明になっていた間、マリーレは遺児院に収容されていたらしい。

（遺児院にいたから、聖女だとわからなかった？）

でも話を聞く限り、行方不明になっていたのは十年もの長い間である。

見つかったのは、本当にその伯爵令嬢だったのだろうか。

叔父のまま後見人になればいいところを、わざわざ自分の養女にしたのも不自然だった。

さらに、聖女マリーレは早々に王都に迎え入れられ、今までミラが過ごしていた場所で暮らすようだ。

そのうち時期を見て、アーサーは今の聖女との婚約を発表するのだろう。

ミラと違って、新しい聖女はロイダラス王国の貴族出身の聖女だ。彼女を王妃にすることによって、この国にも聖女がいるのだと各国に示すつもりなのかもしれない。

（そのために、遺児だった少女を伯爵家の養女にした可能性もあるのかしら？）

それに、町の人たちが、あまりにも新たな聖女に熱狂していることもミラは気になっていた。

人々は口々にこの国に聖女が生まれたことを喜び、これでもう神に見放された国などと呼ばせないと意気込んでいる。

　この国の人たちは、ミラが思っていたよりもずっと、ロイダラス王国出身の聖女の不在を不安に思い、後ろめたさのようなものを感じてきたようだ。

　常に聖女が複数いた国で生まれ育ったミラには、この国の人たちが、そこまで自国出身の聖女にこだわっていたとは思わなかった。

（アーサー様も、そうだったのかしら）

　ミラは、婚約者だった男のことを思い出す。

　彼はいつも優しかったが、ミラがエイタス王国出身であることが気に入らなかったのかもしれない。

　でもミラは彼に突き飛ばされ、罵倒されたあの日まで、それにまったく気がつかなかった。

　あの優しさも、労ってくれた言葉もすべて嘘（うそ）だったのだろう。

　たしかにミラはロイダラス王国の生まれではないが、王太子であるアーサーと婚約し、いずれはこの国の王妃になるはずだった。

　婚約したときから聖女として、いずれは王妃として、この国を全力で守る覚悟を決めていた。

　それが、アーサーに言われた偽聖女という言葉ですべて否定されてしまった。

　そう思うと、さすがに虚（むな）しい気持ちになる。

（全部、もう終わったこと。今さら気にしても仕方がないわ）

　もう、そう思うしかない。

　ミラは気持ちを切り替えるように、首を横に振った。それよりも、新しい聖女はどれくらい聖女の力を持っているのだろうか。気になるのは、そのことだ。

ミラがこの国の聖女となってから、祖国のエイタス王国に匹敵するほど、魔物の被害は減少していた。

ミラが聖女として着任するまでは、聖女が不在の国ということで、周辺国からの援助があった。

ミラの出身国であるエイタス王国も、定期的に魔物の討伐隊を差し向けて、被害が少なくなるように手助けをしていたのだ。

でもミラが聖女として派遣されてから、他国からの援助はすべて取りやめになっていた。

次に滅ぶのはロイダラス王国だろうと噂(うわさ)されていたのが嘘のようだと、他国でも評判になっていたほどだ。

エイタス王国はともかく、他の国はそれほど余裕があるわけではない。兄も、聖女のいない他の国への援助に切り替えたようだ。

もちろんミラが、魔物の侵入を防ぐために結界を張っていたし、魔物の瘴気も浄化していたから、今までは何の問題もなかった。

だが今のこの状況で、もし新しい聖女が弱い力しか持っていなかったとしたら、大変なことになる。

結界も聖女の浄化もなく、さらに周辺国からの援助もない状態になってしまうのだ。

魔物はとても強く、勢いに乗ったら人間の国など簡単に滅ぼしてしまう。

リーダイ王国が、その例だ。

あの国は王都から壊滅したと聞いている。溢(あふ)れ出た魔物はリーダイ王国だけではなく、他国にまで流れてきたらしい。

まだミラは幼かったが、父が殺気立った様子で国境に出向いていたことをよく覚えていた。

「ミラ様」

侍女に声をかけられて、我に返った。

「もうこの国のことで、お心を悩ませる必要はございませんよ」

そう言われ、彼女の言う通りかもしれないと思う。

もうミラはこの国の聖女ではないのだから、さっさと祖国のエイタス王国に帰って、後のことは兄に任せるべきだ。

力を尽くして守ってきたこの国の裏切りに、ミラの心は疲弊していた。

優しい家族のもとに帰って、少しゆっくりと休みたい。

もう祖国を出ることなど考えずに、王族として、エイタス王国の聖女のひとりとして、尽力するべきだろう。

「……ええ。今はエイタス王国に無事に帰ることだけを考えることにするわ」

「そのことですが、この国の治安はあまり良くないようです」

侍女は、町の様子を詳しく話してくれた。町でいろいろと話を聞いた結果、女の二人旅など、危険すぎて隣の町にも辿り着くことは難しいと言われたようだ。

「……そんなに？」

この国の一部しか知らなかったミラは、女性だけで旅ができないほど治安が悪いと聞いて、言葉を失う。

魔物による被害は抑え込んでいたはずなのに、どうしてそんなに国内が荒れているのだろう。

「どうしたらいいのかしら？」

「護衛を雇ったほうがいいと言われました。ミラ様は、冒険者という職業をご存じでしょうか？」

「ええ、もちろん」

ミラは深く頷いた。

この国だけではなく、大陸中に冒険者と言われる職業の者がいる。

国や民間から依頼を受けて報酬を貰う者たちの総称だが、腕に覚えのある者が多く、危険な魔物退治なども引き受けてもらえるので、かなり需要が高い。

いくら聖女がいても、魔物の被害を完全に防ぐことはできない。だから、この国にも多数の冒険者が存在しているだろう。

「冒険者は、護衛も引き受けてくれるようです。女性ふたりを国境まで護衛してくれる人を明日の朝までに探してもらえるように、冒険者ギルドに依頼してきました」

「冒険者に……」

ミラは偽聖女として、王太子であるアーサーから追放された身である。

身元をはっきりさせることはできないが、冒険者ならそれらを隠したままで護衛してくれる者もいるらしい。

そのぶん報酬を積まなくてはならないようだが、幸いにも母が託してくれた金貨がある。

「わかったわ。出発は明日の朝ね」

侍女の説明に、ミラは頷いた。明日に備えて、今日はゆっくりと休むべきだろう。

たった一日で、これほどまでに大きく自分の運命が変わってしまうなんて思わなかった。

一度はこの国の聖女として、アーサーの伴侶として生きる決意を固めたが、すべて無駄になってしまった。

アーサーの本性がわかった今、戻りたいとは思わない。

でも、気持ちを切り替えるのにしばらく時間が必要かもしれない。

それでも旅をしている間に、心の整理もつくだろう。

懐かしい祖国に戻る頃には、以前と同じように笑えるに違いない。

時間がすべてを解決してくれる。

それに、明日から長い旅が始まる。

どんな旅になるのかわからないが、今まで体験したことのないような日々になるに違いない。

今日はなるべくゆっくりと、身体を休めるべきだろう。

早々にベッドに潜り込んだミラだが、結局明け方近くまで眠ることができなかった。

「姫様……」
気遣うような侍女の声に、ミラはにこりと笑みを浮かべた。
どうやら、よほどひどい顔をしているようだ。
町の宿に泊まるのは、もちろん初めてのことである。

部屋には鍵がつけられているが、廊下を歩く人の足音や声などが聞こえてしまう。

すぐ近くに見知らぬ他人がいる。それが気になって、なかなか眠ることができなかったのだ。

夜も更けて、人の気配がなくなった頃に、ようやく少し眠れたくらいだ。

「私は大丈夫よ。さあ、冒険者ギルドに向かいましょう？」

寝不足で頭痛がしたが、追放された身としては、いつまでも王都に近いこの町に滞在するわけにはいかない。

ミラは心配する侍女を促して、護衛してくれる者を紹介してもらうために、冒険者ギルドに向かった。

「ここが、ギルド……」

目的の場所は、町の中心の通りにある古い建物だった。

石造りの壁には、ところどころ修繕の跡が見える。入り口以外の場所には蔦（つた）が絡みついていて、人の出入りがなければ廃墟（はいきょ）のようだ。

馬車から見かけたことのあるエイタス王国の冒険者ギルドはもっと大きく立派な建物で、いつも人で溢れていた。

出入りしている人々も少し荒（すさ）んだ雰囲気のようで、本当にここで護衛を依頼しても大丈夫なのか、少し不安になる。

「ミラ様、こちらに」

だが、もう後戻りはできない。

侍女に促されて扉をくぐって建物の中に入る。すると周囲を見渡す暇もなく、囃（はや）し立てるような声がした。

「おお、ふたりとも美人だな。仲間でも探しているのか？　俺たちと旅に出ようぜ」

「馬鹿、あれはどう見ても護衛を探しているお嬢様だろ？　サービスしてくれたら格安で護衛してやるよ」

大声で笑う男たち。その声が寝不足の頭に響いて、思わず顔を顰(しか)める。

侍女は彼らをまったく相手にせず、そのまままっすぐにギルドの受付に向かった。

ミラも侍女から離れないように、そのすぐ後に続いた。

ギルドの受付には木造のカウンターがあり、そこにはひとりの女性がいた。ミラよりも十歳ほど年上に見える。

「あの、昨日依頼したエイタス王国との国境までの護衛の件ですが」

侍女は、その受付の女性に話しかけていた。

「はい。少々お待ちください」

彼女はそう言って、机の上に積まれていた書類の中から一枚の紙を探して取り出した。

「ええと、護衛の任務を依頼されたマリア様ですね」

そう聞かれて、侍女は頷く。

もちろん、それは彼女の本当の名ではない。万が一のことを考えて、マリアというよくある名前で登録したようだ。

受付の女性は書類に目を通したあと、申し訳なさそうにこう言った。

「実は、最近護衛の依頼が急増しておりまして……」

彼女の説明では、昨日、侍女が依頼したときには護衛の依頼を引き受けてくれる冒険者がいたそうだ。だがその直後に、もっと条件の良い護衛の依頼が入り、彼らはそちらを選んだらしい。

（それなら、仕方がないわね）

懸命に事情を説明する受付の女性の言葉に、ミラは納得して頷く。

冒険者の仕事は、かなりの危険が伴うと聞く。

場合によっては、命を落としてしまうこともあるだろう。

だからどの依頼を受けるのか、選ぶのは冒険者のほうだ。こちらが身分を明かさぬことを警戒して、他の依頼を選ぶ者もいるだろう。

「代わりに依頼を受けてくださった方は、あと三日ほどでこの町に到着する予定です」

「……三日、ですか」

侍女は表情を曇らせた。今日のうちにこの町を出るつもりだったので、あと三日もここに滞在しなくてはならないかと思うと、たしかに焦る気持ちもある。

「もしお急ぎでしたら、手の空いている冒険者に引き受けてもらうこともできますが……」

受付の女性はそう説明してくれたが、その表情は硬い。おそらく手の空いている冒険者というのは、ギルドの入り口でミラたちに揶揄（やゆ）するような言葉を投げかけてきた男たちのことだ。

「……」

「いいえ、急いではいませんわ」

侍女が答える前に、ミラはそう言ってにっこりと笑った。

おそらく受付の女性には、手の空いた冒険者に仕事を斡旋（あっせん）する義務があるのだろう。

しかし、いくら世間知らずのミラだって、ニヤニヤと笑いながらこちらを見ている男たちに護衛を頼もうとは思わなかった。

国境までは、長い旅になる。彼らと旅をするくらいなら、女性ふたりで旅をしたほうがまだ安全かもしれない。彼らの雰囲気は、世間知らずのミラでさえそう思うようなものだった。

「三日後にまた伺います。もし、その方も辞退するようでしたら、また連絡をしてください」

きっぱりとそう言ったミラに、受付の女性はどこかほっとしたように頷いた。

「承知いたしました。それでは、また三日後にお越しください」

ギルドを出ようとすると、男たちが舌打ちしながらこちらを睨んでいた。

どうやら自分たちに頼まなかったのが気に入らなかったらしい。

だがミラたちとすれ違うように、身なりの良い女性が飛び込んできた。とにかく急いで護衛を探してほしいというその女性に、男たちの視線が移る。

とにかく誰でもいいと言う彼女に忠告したくなるが、ここでまったく無関係なミラが口を出してしまえば、彼らに仕事を妨害したと言われてしまう。

それに、ミラは冒険者というものがどういうものなのか、よく知らない。

見た目や雰囲気から、彼らとの旅は避けたほうがいいと思っただけで、もしかしたら仕事は真面目にする人たちなのかもしれない。

先入観だけで人を非難してしまっては、ただアーサーの言葉だけでミラを偽聖女として罵倒した町の人たちと同じだ。

ここは、その手のプロである受付の女性に任せて、立ち去るべきだろう。

ミラは侍女とともに先ほどの宿に戻り、さらに三日間ここに泊まることにした。

「ミラ様、申し訳ございません」

部屋に入った途端、侍女がそう謝罪して頭を下げた。

「きちんと護衛を手配できなかったばかりか、受付での対応までミラ様にさせてしまうなど」

「いいの、気にしないで」

ミラは首を振った。

もちろん侍女だって、あんな怪しげな男たちに護衛してもらおうとは思っていなかっただろう。

しかし、ミラを一刻も早く帰国させたい彼女は、他に手が空いている者はいないか、受付の女性に尋ねたかもしれない。

だがあの場では、あまり急いでいる様子は見せないほうがいいのではないかと思ったのだ。

ミラが警戒したのは、あの入り口にたむろしていた冒険者たちではない。

彼らの陰に隠れて、こちらの様子をうかがっていた者が何人もいた。

わかりやすい悪人よりも、彼らのような、何を考えているのかわからない者のほうが恐ろしい。

「とにかく三日後に、また行ってみましょう」

依頼を受けてくれた冒険者は、どんな人だろう。

今後こそきちんと引き受けてもらえるようにと祈りながら、ほとんどの時間を宿で過ごした。


そうして、ようやく約束の日になった。

ミラは侍女と一緒に、再び冒険者のギルドに向かう。

「ああ、護衛の依頼をしたマリアさんですね」

さすがに今回は、三日前のように追い返されることはなかった。受付の女性は用件を聞くと、にこりと笑って頷き、ギルド内に設置されている、休憩所のようなところに声をかける。

「ラウル、依頼主の方が来たわ」

護衛を引き受けてくれた冒険者は、ラウルという名のようだ。

そちらに視線を向けてみると、簡素な机と椅子がいくつか並んでいるのが見えた。待ち合わせをしているのか、複数の冒険者が寛いでいる。

その中のひとりが、受付の女性の言葉に反応して立ち上がった。

(あの人が?)

すらりとした長身。男性のようだが、全身を覆い隠すようなローブを羽織っているため、年齢は不詳である。

「……」

こちらに近づいてくる彼を見て、隣にいる侍女が緊張しているのがわかる。

これからエイタス王国までの長い道のりを、彼に頼ることになるのだ。相手がどんな人間なのか、気になるのは当然のこと。

いくら正式にギルドに依頼した冒険者とはいえ、善人ばかりではないことは、昨日のことでミラにだってわかる。

「大丈夫よ」

緊張している二人の様子を見ていた受付の女性が、こちらにだけ聞こえる声でぽつりと呟いた。

「ラウルはあいつらのような、盗賊くずれの冒険者ではないわ。だから、きちんと依頼は果たしてくれるはずよ」

どうやら彼は、ギルドに信頼されている冒険者のようだ。

ミラにも、彼はここにたむろしていたような男たちとはあきらかに違っているように感じられた。

侍女は戸惑ったようだが、ミラは受付の女性の言葉に嘘はないだろうと思えた。

距離が近づくにつれ、彼が若い男性だということがわかった。ローブのフードの隙間から見える瞳は、こちらをうかがうように鋭い光を放っている。

（まるで、お兄様みたい）

ラウルに感じた印象をどう表現したらいいか迷ったが、一番しっくりときたのが、この言葉だった。どうして兄のようだと思ったのか、このときはまだ明確な理由を見つけることができなかった。

「君たちが依頼者か」

ふたりの目の前まで来たラウルは、そう言うとフードを外してこちらを見た。

背の高い彼の顔を見上げたミラは、思わず息を呑む。

（なんて、鮮やかな紅色……）

夕焼けのような見事な紅い髪に、視線を奪われた。

そして褐色の肌に、澄んだ緑色の瞳。その目立つ色彩は、彼が魔物に滅ぼされてしまったリーダイ王国の出身であることを示している。

しかもそんな華美な色彩に負けず、さらに端正さを際立たせる顔立ちをしていた。

「……そんなに珍しいか？」

自嘲するような声が聞こえてきて、ミラは我に返った。

はしたないことに、彼の顔を凝視していたらしい。

ミラは慌てて視線を逸らした。

フード付きのローブで隠していたのだから、あまり目立ちたくなかったのだろう。それなのに、あんなふうに凝視してしまって、気を悪くしてしまったに違いない。

「とても綺麗な色だったから、つい見惚れてしまったの。不躾でした。本当に、ごめんなさい」

自分が悪かったと素直に謝罪する。

ラウルはミラの言葉に驚いたように目を見張ったあと、表情を和らげた。

「忌まわしい、滅びの色だとはよく言われたが、綺麗だなんて言われたのは初めてだ」

「……そんなことを言う人がいるなんて」

たしかに彼の紅髪は、滅びてしまったリーダイ王国を連想させるものだ。

だがそれを、滅びの色だと、忌まわしいと貶める人がいるなんて信じられない。

そう憤りを露にするミラを見て、ラウルは笑みを浮かべた。

「世間知らずのお嬢様らしいから、護衛を頼む。そう言われて来たが、本当のようだな」

「ちょっと、ラウル！」

そんな彼の言葉に、受付の女性が慌てた様子で声を上げる。どうやら彼女が、ラウルにこの依頼を引き受けてくれるように頼んでいたようだ。

「ええと、余計なことをして、ごめんなさい。でも今、この町にはまともな冒険者が残っていなくて……」

受付の女性は肩を落とし、ラウルに聞こえないような小さな声でそう謝罪してくれた。

「ちょっと見た目は派手だし言葉はきついかもしれないけれど、彼は困っている人は放っておけないの。だから、ラウルなら絶対に大丈夫」

だが、ミラたちが世間知らずなのは本当のこと。むしろ、お礼を言わなくてはならないほどだ。

もし彼女が機転を利かせてくれなかったら、相手を選べず、ここで会ったような男たちに依頼せざるをえないところだった。

もしあんな男たちに護衛を任せたら、無事に祖国まで帰ることはできなかったかもしれない。

それに、彼女の要請を受けてわざわざこの町まで移動してくれたラウルも、悪い人ではないのだろう。

そう思ったミラは、受付の女性の勧め通りに、彼に依頼したいことを伝える。

すると彼女はほっとしたような顔で、依頼の手続きをしてくれた。

「これで手続きは終了よ。気をつけてね」

「はい。いろいろとありがとうございました」

受付の女性にお礼を言い、互いに軽く自己紹介をすませてから、ラウルとともにギルドを出た。

ラウルもすぐに出発できるように準備を整えてきたようだが、彼は立ち止まり、ミラと侍女を交互に見つめる。

「旅をするのなら、もう少しそれらしい恰好をしたほうがいい。余計なトラブルを避けるためだ」

「え、でも……」

ミラは侍女と顔を見合わせて、戸惑う。

侍女に目立たない服を用意してもらい、それに着替えてきたはずだ。

戸惑うミラに、ラウルは言い聞かせるように、ゆっくりと告げた。

「君たちの正体を探るつもりはない。だが、その服装では裕福な商家のお嬢様にしか見えないぞ」

そう言われて初めて、この服装が貴族の女性には見えなくても、裕福な家のお嬢様には見えてしまうことを気づかされた。

そんなお嬢様が護衛ひとりだけを連れて旅をしていたら、彼の言うように余計なトラブルを招いてしまうだろう。

「ええと、どうしたらいいかしら？」

「そうだな。恰好だけでも、冒険者のような服装をしたほうがいい。剣士は無理だろうから、魔導師か？」

「魔法も少しなら使えるわ」

ミラは聖魔法だけではなく、一般的な魔法も使うことができた。

魔物相手ならば聖魔法のほうが有効なので、今まで使うことはなかっただけだ。

でもこれからの旅では聖女であることを隠す必要があるため、聖魔法を使うことはできない。

一般的な魔法で代用していくしかないだろう。

「魔法を使えるのか？」

この国では魔導師の数もあまり多くないようで、ラウルは驚いたようにそう言った。

「ええ、初級魔法ばかりだけれど」

もちろん、逃亡の途中で聖女の力を使うことはできない。

初級魔法くらいしか使えない自分は、きっと足手まといでしかないだろう。

そう思っていたのに、ラウルはこう言ってくれた。

「それなら随分と助かる。いざというときは頼む」

そんなことを言ってもらえるなんて思わなかった。

ミラは一瞬戸惑ったあと、笑みを浮かべて大きく頷いた。

「ええ、任せて。頑張るわ！」

今まで精一杯やってきたことがすべて否定され、自分で思っていた以上に傷ついていたのかもしれない。

ラウルの言葉が、素直に嬉しかった。

聖女ではなくなっても、誰かのためにできることがある。世間知らずの自分では、足手まといになることのほうが多いかもしれないが、精一杯頑張ろうと決意する。

こうして二人は、冒険者に扮して旅をすることにした。

「まず、何をしたらいいの？」

「服装だな。防具などを身につければ、冒険者らしくなるだろう」

ミラは装備を整えることにした。ラウルに連れられて防具などを売っている店に向かう。

「……たくさんあるのね」

魔法を使うミラの防具には、魔導師のローブが最適らしいが、種類がたくさんあってなかなか選ぶことができない。

迷っていると、若い女性店員がオススメのローブをいくつか見せてくれた。

でも、そこから選ぶのもまた、難しい。

「どれがいいかな？」

何気なく傍にいたラウルに尋ねると、彼は思いのほか真剣な様子で並べられたローブとミラを見比べている。

その中でも、一番可愛らしいデザインのものを指した。

「これがいいんじゃないか？」

そう言われてミラは迷うことなく、ラウルが勧めてくれた魔導師のローブを購入した。

厚手の生地で寒さを感じないし、何よりも若い女性向けのようで、デザインが可愛らしい。

大きめのフードには、なんと猫耳までついている。

（少し子どもっぽいような気もするけど……）

ラウルにとって、ミラはかなり年下の子どもに見えるのだろうか。

そう思うと少しがっかりしたような気持ちになるが、かえって幼く見えたほうが余計なトラブルを招かないかもしれないと、思い直す。

「フードがついていたほうがいい。その銀髪は目立ちすぎる」

そう言われてミラは、自らの銀髪に触れる。たしかにこのままだと、追放された偽聖女だとわかってしまうかもしれない。

「魔法で色を変えるわ」

そう言うと、煌（きら）めく銀髪をよくあるような茶色の髪に変化させる。

「……そんなこともできるのか」

ラウルは、目の前で瞬時に色を変えたミラの髪を見て、かなり驚いた様子だった。

「便利なものだな。それならあまり目立たずに行動できるだろう」

侍女も短刀と簡単な防具を購入している。彼女は魔導師ではなく、剣士に扮するようだ。

これで、見た目は冒険者パーティのようになった。

すると旅人の中にもうまく溶け込めたようで、こちらに向けられる視線があきらかに減った。

そう思えば、ギルドでならず者のような男たちに絡まれたのも無理はない。

いつもと違う服装をしただけで、目立つことはないと思い込んでいた。

（私たち、結構目立っていたのね……）

もっと周囲をよく見なければと反省する。

「そうだな。あとは、水や食料はどれくらい用意している？　これからは野営が必要になることもある。その準備もしておいたほうがいい」

ラウルは二人の荷物を確認すると、必要なものを買い足し、旅の準備を整えてくれた。

歩くだけで精一杯だろうからと、荷物もほとんど彼が持ってくれる。

依頼したのは護衛だけなのに、ラウルは細かなことまで気がつき、面倒を見てくれる。

普通の冒険者ならここまでしてくれないことは、ミラにだってよくわかる。彼を推薦してくれた受付の女性には、本当に感謝しなくてはならないと思う。

「いろいろとありがとう。何も知らなくてごめんなさい。食料は、途中の町で購入すればいいと思っていたの」

素直にそう謝罪して礼を言うと、ラウルは気にするなと首を振った。

「俺はそのための護衛だ。それに小さな町で買える食料は新鮮だが、保存性はほとんどない。これからも、大きな町に寄ったらある程度買いこんでおいたほうがいいだろう」

その言葉に、長い旅になるのだと改めて思い知る。

(この国に来たときは馬車だったけれど、それでも長く感じたわ)

それを、今回はほとんど徒歩で向かわなくてはならない。過酷な旅になるだろう。そう思うと、少しだけ怖くなる。

「心配するな」

そんなミラの胸の内がわかったように、ラウルがそう言った。

「請け負ったからには、きちんと依頼は果たすつもりだ」

「……ありがとう」

その力強い言葉に、不安が消えていく。

ラウルは依頼のためだったとしても、旅が順調に進むようにいろいろとアドバイスをしてくれた。

きっと言葉通りに、ミラを無事に国境まで送り届けてくれるだろう。

彼の頼もしさに、不安はもう消えていた。

そしてラウルに助けてもらうだけではなく、自分で考えて、しっかり行動していこうと決意する。

まさか偽聖女と呼ばれて追放されるなんて思ってもみなかったが、きっと何とかなる。

そう信じて、今は前に進むしかないだろう。

第二章

亡国の剣士

十年も前のことなのに、まるで昨日のように思い出す光景がある。

青ざめた顔をした兄が、まだ幼かった自分の手を引いて、燃え盛る建物の中を走っていた。

そのときの自分はたしか十歳ほどで、五歳年上の兄の足に追いつけず、何度も転びそうになったことを覚えている。

兄はそのたびに足を止め、励ますように頭を撫でてくれた。

その手の温もりも、はっきりと記憶している。

兄はやがて建物の入り口まで辿り着くと、ここからはひとりで逃げるように言い、建物の中に戻っていく。

兄と別れるのが嫌で必死に追いすがったけれど、いつも優しい兄が怖い顔をして、ついてくるなと大きな声を上げた。

周囲を覆い尽くしていた炎はますます燃え広がり、それがあまりにも恐ろしくて、とうとう兄とは逆の方向に駆け出してしまっていた。

あのとき、何があっても兄と離れずにいれば、こうしてひとり取り残されることはなかったのに。

(ああ、またあの日の夢か)

ラウルは寝台からゆっくりと起き上がり、窓の外を見つめた。

こんな夢を見たのは、町で偽聖女の話を聞いたせいだろう。

先日、この国の王太子の婚約者だった女性が、偽聖女だったことが判明し、追放されたらしい。

聖女の強い力は、常に魔物の脅威に晒(さら)されているこの世界にとって、何よりも貴重なものだ。

どの国でも、聖女を常に欲している。

それを巧みに利用して、聖女に成りすます人間はとても多い。

祖国であるリーダイ王国も、聖女絡みで滅びている。

だから各国で偽聖女の話を聞くたびに、苦々しく思っていたものだ。

追放されたというこの国の聖女も、周囲を騙(だま)してうまく聖女に成りすまし、王太子の婚約者の地位を手に入れていたのだろう。

どの国も魔物に脅かされ、少しずつ世界は滅びに向かっているというのに、人間の欲望は尽きない。むしろ強くなっているとさえ感じている。

ラウルは厭世(えんせい)的な考えから抜け出そうとするかのように、首を大きく振った。

まだ静まり返っている町並みを眺めてから、もう一度眠る気にはなれずに、身支度を整える。

あの日、家族全員を焼き尽くした炎は王都中に燃え広がり、リーダイ王国は滅亡した。

生き残った者はすべてあの国から逃げ出して、今頃は魔物の棲処(すみか)になっているだろう。

祖国を取り戻したいという気持ちはなかった。

今さら土地を取り返しても、失った家族が戻ることはない。

ただあの国が滅びた原因となった聖女だけは、許せなかった。

彼女に復讐(ふくしゅう)するために、こうして各国を彷徨(さまよ)っている。

朝食も取らずに宿を出て、早朝から営業をしている冒険者ギルドに向かった。

各国を旅しながら剣の腕を磨いてきたラウルにとって、どの国でも身分を証明することができる冒険者ギルドは、所属する価値のあるものだった。

ギルドに回された依頼を確実に成し遂げれば、信頼度も上がっていく。

旅の資金を得るためにも、ギルドから直接打診された依頼は断らないようにしていた。

だが、今回の依頼は少し特殊なものだった。

「護衛の依頼を受けてくれないかしら？」

ラウルにそう言ったのは、顔なじみになった受付の女性だった。

最近、護衛の依頼が急増しているのは知っていたが、自分には縁のないことだと思っていただけに、ラウルは驚き、理由を尋ねる。

「それが、どう見ても世間知らずのお嬢様とお付きの侍女という感じでね。今、主な冒険者はみんな護衛の依頼で出払っていて、まともな冒険者が残っていないのよ」

偽聖女が現れた国は、その後間違いなく荒れる。それがわかっているから、少しでも遠くに逃げようとしているのだろう。

各国を回ることが多い冒険者も、これをきっかけに他国に移動する者が多いようだ。状況がもっと悪化すれば、ここのギルドも閉鎖され、職員たちは安全な国に逃げるはずである。

そもそもこの国の治安は、国王が病に倒れてから急速に悪化している。いくら護衛を雇っても、女性二人で旅ができるような状況ではない。

「それは、かなりの世間知らずのようだな」

「ええ。しかも訳ありの貴族の女性かもしれないの」

身元を一切こちらに知らせず、その代わりに相場よりもかなり金額を上乗せしてきたようだ。

この町に残っているような盗賊くずれの冒険者には、極上の獲物に見えたことだろう。

ラウルは少し考えたあと、ひとつの条件を出した。

それは、三日待たせること。

約束した日にちよりも、三日遅くなるということを伝えてもらい、それによって彼女たちがどう動くかを見たいと申し出た。

だが、ラウルが引き受けてくれると思い込んでいたらしいギルドの女性は、かなり戸惑っていた。

「でも、待てないから他の冒険者を紹介してほしいと言うかもしれないわ」

そう言われてしまえば、冒険者ギルドとしては、手の空いている者を紹介しなければならない義務がある。

もし彼女たちに誰でもいいから紹介してほしいと言われたら、餌食になるとわかっていても、依頼を斡旋(あっせん)しなければならない。

「それなら、仕方ないだろう」

この町に残っている冒険者が真っ当な男たちではないことは、見ればすぐにわかることだ。

そんな男たちに自分たちの命を預けてしまうほど危機感のない者なら、国境までの長い道のりを守りながら行くことはできない。ラウルはそう考えていた。

「……わかったわ。三日だけ、待ってほしいと頼んでみる」

受付の女性は不安そうだったが、ラウルは引き受けないとは言っていない。

ただ数日だけ待ってほしいと言っただけだ。そうしてギルドを出ると、そのまま町に向かった。

馴染みの場所をいくつか回り、情報を集める。

集めたのはすべて、追放されたという偽聖女に関してのことだ。

そして、偽聖女が追放されたというタイミングで現れた、訳ありの二人の女性。

彼女たちが、その追放された偽聖女なのではないかと、ラウルは考えていた。

最初は、企みが露見して、国外に逃げようとしているのだと思った。

だが、偽聖女に騙されたと大きな声で罵っているのは上層部だけで、町の人たちの声はまったく違っていた。

追放された聖女が来てから魔物の襲撃が減ったとか、王都に結界を張って守ってくれたという話ばかりだった。

さらに瘴気まで浄化していたと聞き、ラウルは自分の考えが間違っていたことを知る。

おそらく、追放されたのは本物の聖女。

彼女を追放してその後釜に収まったのが、偽聖女だろう。

偽聖女はある程度の力を持っている魔導師のことが多いが、さすがに瘴気を浄化することはできない。そんなことができるのは、本物の聖女だけだ。

それだけの力を持つ聖女が追放されたら、この国はどうなるのか。

おそらく、リーダイ王国が滅びたときと同じくらいの混乱が起きるのではないか。

聖女は王太子によって偽聖女だと貶められ、国外追放を言い渡されたのだ。

もしかしたら先を急いで、昨日のうちに出発した可能性もある。

仮に彼女が正統なる聖女だとしたら、本物の世間知らずだろう。

危険があるとも知らずに、冒険者なら皆きちんと依頼を果たしてくれると思い込み、ならず者のような男たちに依頼してしまったかもしれない。

もし、彼女たちが安易な道を選ばずに待っていたのなら、約束通り依頼は受けようと思っている。

だが、聖女だからといって無条件に手を貸すつもりはない。

リーダイ王国を滅びに追いやった女性もまた、偽物などではなく、きちんとした聖女の力を持っていた。

聖なる力を持っているからといって、善人ばかりではない。

それを、ラウルは身をもって知っていた。


後日、ラウルは旅支度を整えてから、ギルドに向かった。

受付の女性は嬉(うれ)しそうな顔で、昨日訪れた依頼者が、急いでいないのでまた来ると言って帰ったことを話してくれた。

急いでいないはずがないだろう。できれば一刻も早く王都から離れたいだろうに、一晩以上待てるだけの冷静さがあったことに、ひそかに感心していた。

約束通りに依頼を受けることにして、ギルド内に設けられている休憩所で、その依頼者の到着を待つ。

やがて訪れた二人の女性は、受付のギルド員が言っていたように、とても庶民には見えなかった。

ひとりは二十代半ばほどの、洗練された身のこなしの女性。

もうひとりは、まだ十代後半ほどの少女だ。おそらく、彼女が主(あるじ)なのだろう。

月光のような光り輝く銀髪に、透明な紫色の瞳をした、人形のように整った顔立ちの美しい少女である。

顔立ちにも立ち居振る舞いにも、高貴な身分であることがうかがわれた。

まだ少し幼さを残しているが、数年後には目を奪われるほどになるだろう。

二人とも、とてもこれから旅をするとは思えないほど、上等な服を着ている。

さすがに貴族には見えない服装だが、それでも裕福な商人の娘といった装いである。

しかも、それで変装しているつもりのようだ。

この装いに、あれだけの美貌。

これでは、受付の女性が心配になってしまうのも無理はないのかもしれない。

ふと、その年若い女性に見覚えがあるような気がして、ラウルは目を細めた。

(どこかで見たことがあるような……)

あれほど美しい少女を忘れるはずがないと思うのだが、どうしても思い出せない。

思い出したのは追放された偽聖女が、美しい銀色の髪をしていたと聞いたときだった。

彼女たちが目指している、エイタス王国。

銀色の髪をした、美しい聖女。

そして、ミラという名前。

ラウルは記憶を辿り、ある出来事を思い出す。

(あれは十二年ほど前のことか?)

リーダイ王国を訪れた当時のエイタス王国の国王は、まだほんの四、五歳ほどの、ひとりの幼女を連れていた。

そのミラという名の王女は、二人の姉と同じように聖女の力を持っていた。

彼女は、あのときの幼女が成長した姿なのだろう。

あの当時、エイタス王国はリーダイ王国を何度も助けてくれた。

常に魔物の襲撃に悩まされていたリーダイ王国にとって、エイタス国王の威風堂々とした姿は希望そのものだった。

そんな国王が、宝物のように腕に抱いていた王女。

それが、彼女だろう。

エイタス国王の恩に報いるためにも、何とか無事にミラをエイタス王国まで送り届けたい。

ラウルはひそかにそう誓っていた。

第三章　冤罪

実際に街道を歩いてみると、思っていたよりも旅人が多いことにミラは気がつく。

さらに、王都から離れようとしている人が多いことにも驚いた。

「そういえば冒険者ギルドでも、護衛の依頼が増えていると聞いたわ。どうしてわざわざ地方に向かっているのかしら？」

ミラの結界はまだ有効である。だから魔物の出現は、王都よりも辺境のほうが多いはずだ。

それに新しい聖女が見つかったのだから、心配することは何もない。

それなのに彼らはなぜ、わざわざ護衛を雇ってまで、王都から離れようとしているのだろうか。

「おそらく、王都で偽聖女騒ぎがあったからだろう」

そんな疑問に、ラウルはあっさりとそう答えた。

「偽聖女？」

まさかラウルからその言葉を聞くとは思わなくて、ミラは動揺しながら聞き返す。

「ああ。この国の王太子の婚約者が、偽聖女だったと聞いた。王太子は新しい聖女がいると発表したらしいが、この国は長いあいだ聖女が不在だったから、どうせ今回も偽物だろうと噂（うわさ）されている。それに偽聖女騒ぎがあった国は、これまでほぼ間違いなく荒れている。今のうちにとこの国を離れる者も多いのだろう」

アーサーのことを思い出すと、腹立たしさと同時に、裏切られた悲しさも胸に蘇（よみがえ）る。

その胸の痛みをやり過ごして、ミラは尋ねた。

「国が荒れるのは、どうして？」

「たとえ偽物でも聖女を名乗るからには、それなりの力を持っているはずだ。どんな方法なのかわからないが、それらをすべて解除して立ち去るのだから、魔物の襲撃は前よりも多くなる」

仮初（かりそめ）とはいえ平和に慣れてしまったこの国の者たちは、それに対処することができない。

だから被害は以前よりも増え、国は荒れてしまうのだとラウルは語った。

「しかも今回の偽聖女は、かなりの力を持っていたようだ。噂によると、王都に結界を張っていたらしい。それも追放されたときに解除しただろうから、今後、魔物の襲撃を防ぐことはできないだろう」

「でも、新しく見つかった聖女は本物だと聞いたわ。大神官様がそう言っていたと」

ミラはそれを知っている。

だからこそアーサーは、自分の存在をもう不要なものだと判断し、偽聖女として追放したのだ。

きっと新しい聖女によって結界はすぐに張り直され、王都は平穏を取り戻すだろう。

だがラウルは、ミラの言葉に暗い顔で首を振る。

「偽聖女がきっと、この国を滅ぼすだろう」

「……っ」

それはまるで呪いのような、昏（くら）く淀（よど）んだ言葉。

今まで自分たちに対して少し呆（あき）れたような顔をしながらも、面倒見が良かったラウルの口から出た言葉とは思えなかった。

憎しみや悲しみが込められたかのようなその声に、言葉をなくしてしまう。

ミラの生まれ育った国では、母も二人の姉も聖女だった。だから当然のように、聖女だと名乗るような偽物が出現することもなかった。

他の国では、聖女を名乗るような偽物はそんなに多いのだろうか。

そして彼の言葉通りならば、偽聖女によって荒れた国も少なくはないのだろう。

目の前にいるラウルの、鮮やかな紅い髪。

(もしかして、リーダイ王国も?)

彼の祖国も偽聖女によって荒れ、滅びてしまったのだろうか。

しかし、それを聞くことはできなかった。


ラウルはもう何も言わず、無言で歩き続けている。ミラも、静かにそのあとに続いた。

だが、その旅は途中で停滞してしまうことになる。

ラウルと出会った町を出てからしばらくは順調だったものの、ある町に行く道が崖崩れで塞がれてしまったのだ。

今、復旧工事が行われているらしいが、完成にはかなり時間がかかってしまうという。

開通するまでこの町に滞在するか、もしくは迂回路を通らなくてはならない。

迂回路は険しい山道で、ラウルが言うには、旅に慣れていない女性が通れるような場所ではなさそうだ。

「困ったわね。こんなことになるなんて」

ミラは、急遽泊まることになった宿の狭い部屋で溜息をついた。

一刻も早くエイタス王国に帰りたいのに、なかなか出発することができない。

でも今は、道が復旧するまでおとなしく待っているしかなかった。

ラウルとは別室だが、用心のために食事などは一緒に食べるようにしている。

この日も一緒に宿の一階で朝食を食べたあと、彼は情報収集のために町に出ていった。

ラウルは町で様々な噂を聞いてきたが、その中には王太子の婚約発表の話もあった。

アーサーはミラを追い出してすぐに、聖女マリーレとの婚約を発表したようだ。

「ミラ様……」

侍女が気遣わしげにこちらを見ていたが、ミラには王太子のアーサーにも、王太子妃の地位にもまったく未練はなかった。

むしろ結婚する前に、彼の本性が知れてよかったと思うくらいだ。

兄や姉の庇護下から離れて、初めて接した異性がアーサーだった。

今思えば、少し浮かれていたのかもしれない。

「私なら大丈夫よ。心配なのは、ちゃんと国に帰れるかどうか。それだけね」

浮かれていたときの自分の姿は、どうか忘れてほしい。

そんな願いを込めて言うと、侍女はそれを察してくれたようだ。

「そうですね。きっとすぐに道は復旧するでしょう」

だが、町で待機している間に、ミラは不穏な噂を聞いてしまう。

祖国であるエイタス王国とこの国との関係が、かなり緊迫しているらしい。

連絡がないことを心配した兄が探りを入れ、アーサーがミラにした仕打ちを知ってしまったのかもしれない。

崖崩れで足止めされ、思っていたよりも時間がかかってしまった。

しかも兄に無事を知らせる連絡も、この崖崩れのせいでエイタス王国まで届いていなかったようだ。

「どうしよう。早くお兄様に連絡を入れないと……」

兄の怒りを想像すると、一刻も早く無事であることを知らせなければと思う。

アーサーの仕打ちを許すつもりはないが、さすがに国同士の争いの原因になるわけにはいかない。

この世界は今、人間同士で争っている場合ではないのだから。

その兄に連絡するためには、迂回路を通って行かなくてはならない。

だが、おそらくミラの足では、険しい山道を越えることは難しいだろう。

どうしたらいいのか考えたミラは、侍女に先に行ってもらい、なるべく早く兄に連絡を入れてもらうことにした。

侍女はミラの護衛も兼ねているため、ひとりなら山を越えることができるだろう。

ミラの傍を離れるわけにはいかないと言い張る侍女を、事は一刻を争うからと何とか説得し、先に祖国に向かってもらうことにした。

ミラとしても、侍女から離れるのは不安だった。

それでも、自分のせいでロイダラス王国とエイタス王国が争うようなことになってしまえば、もう二度と平和のために祈ることができなくなる。

それにラウルはとても親切で、依頼者であるミラを全力で守ってくれるだろう。

ミラは早速、ラウルの部屋を訪れる。そこで、先にひとり、急いでエイタス王国に向かわなくてはならないことを説明した。

「わかった。必ず無事に、送り届けることを誓う」

ラウルは深い事情は何も聞かず、すべて承知してくれた。

侍女は不安そうな顔をしながらも、先を急ぐ旅人たちに交じって、山道を越えていった。

彼女がこの先の町に辿り着けば、兄に連絡を入れることができる。

そして兄に手紙を出したら、そのままミラの到着を待たずに、先にエイタス王国に行くように伝えている。

今のこの国の状況を考えると、手紙がきちんと届くかどうかわからない。

もし兄のもとに届かなかったときのために、直接エイタス王国に向かってもらうことにした。

侍女が出発したあとも、数日間、ミラはラウルとともにこの町で過ごした。

崖崩れはかなり大規模だったようで、まだ危険な箇所があるらしく、崩れ落ちた土砂の撤去も進んでいないそうだ。

「こうなったら迂回路を通るしかないな」

夕食のために宿で合流したラウルは、ミラにこう言った。

「迂回路？　でも山道は……」

「少し遠回りになるが、もう少し歩きやすい道があるらしい。町の人たちが仕事のために使う道のようだが、通らせてもらえるか交渉中だ」

「……そう」

結局この町から出るには、山を越えるしかなさそうだ。

だが、このままだと何か月も待たなくてはならないと聞けば、それに同意せざるをえない。

数日後には、ラウルが町の人たちから許可を得てきた。

こうしてミラは彼とともに、侍女とは違う道を通って、国境を目指して出発した。

夏はもう過ぎていて、体力が無駄に削られるようなことはなかったが、それでもきつい道のりだった。

もともとこの道は、林業を営む職人たちのための道だったらしい。だから大半が、整備されていない獣道(けものみち)であった。

だが、ラウルが言っていたように、侍女が通った山道よりは歩きやすい道のようだ。

そうでなければ、とても歩けなかっただろう。

ラウルが先頭を歩き、その後をミラが続く。

「足を踏み外さないように気をつけろ。俺の足跡を辿ればいい」

「ええ、わかったわ」

いくら護衛とはいえ、最初は男性とふたりきりで旅をすることに緊張していた。

だが道は険しく、だんだんそんなことを考える余裕もなくなっていく。

それに、侍女が通った道よりも険しくないとはいえ、整備された道しか歩いたことのないミラにとっては、かなり過酷な道のりだった。

「もう少し歩くと、広場がある。今日はそこに野営をすることにして、早めに休もう」

ラウルがそう提案してくれたときには、ミラはもう歩くのがやっとの状態になっていた。

「……ええ。ありがとう」

もちろんラウルにはまだ余裕があるようだが、ミラの体力に合わせて休息を多めにとってくれているようだ。

それなのに、体力が続かない。

これは思っていたよりもずっと大変な道のりかもしれないと、ひそかに溜息をつく。

ミラは空を仰ぎ見た。

平坦(へいたん)な道を歩くことと、山道を歩くのとはこんなにも違うのだと思い知った。

どんなに知識を身につけても、実践しなければわからないことがある。

(甘かったわ……)

「大丈夫か？」

そんなことを考えているうちに足が止まっていたようで、先を歩いていたラウルが振り返り、心配そうに声をかけてくれた。

迷惑をかけてしまっているのに、心配までかけてしまってはいけないと、慌てて微笑(ほほえ)む。

「ええ。ただ、自分の知っている世界がとても狭かったことに気がついて、少し落ち込んでしまっただけ」

「最初からすべてを知っている者などいない」

そんなミラを慰めてくれたのか、ラウルは視線を前方に向けたまま、ひとりごとのようにぽつりと言う。

「知らないのなら、これから知っていけばいい。それに、俺は護衛として雇われたのだから、守るのは当たり前のことだ。迷惑をかけるかもしれないと、考えるな」

「……ありがとう」

ミラはごめんなさいと言いかけて、ありがとうと言い直す。

知らないのなら、これから知っていけばいい。

その言葉が、ミラの心に希望の光のように明るく灯った。

「私、頑張る」

「それでいい」

ラウルはそう言って笑い、手を差し出す。

ミラはそれを素直に握って、道の真ん中にあった少し大きな石を乗り越えた。

こうして、何度も休憩をしながらも、ようやく難所を越えることができた。

ここからはもう、山道を下るだけでいいらしい。

眺めの良い景色を見つめながら、呟く。

「思っていたよりもずっと、時間がかかってしまったわね」

それでも、自分の足で越えられたことに達成感があった。

今日の野営場所に辿り着いたミラは、大きく息を吐いて周囲を見渡す。

普通の人間なら、この経路でも三日も野営すれば山を越えて町に辿り着けるらしいが、ミラの足ではその倍くらいかかってしまっていた。

(野営も、もう何度目かしら?)

最初の頃は、近くにラウルがいてくれても、野外で眠ることが恐ろしかった。

だが最近では身体が疲れていることもあり、すぐに眠ることができるようになっていた。

自分が思っていたよりも、馴染(なじ)むのは早かったかもしれない。

ラウルが野営の準備を整えてくれる間、ミラは柔らかな布を敷いた地面に座り、身体を休めている。森の夜はとても寒い。ミラは上着をもう一枚重ねると、そのまま横たわった。

もう少し体力が回復すれば、ミラもラウルの手伝いをするつもりだ。彼は色々なことを教えてくれる。

今まで知らなかったことを少しずつ知っていくのは、今となってはとても楽しかった。

旅も野営も慣れてきたが、それでも思うことがある。

(崖崩れさえなかったら、今頃は……)

母から託された資金があるのだから、馬車を使って国境近くまで進めたかもしれない。侍女とも別れることなく、一緒に帰ることができた。

ラウルが傍にいてくれるので、むしろ心配なのはひとりで旅立った侍女のほうだ。女性がふたりで旅をするのも危険なのに、いくら冒険者に扮(ふん)していて多少腕が立つとはいえ、ひとりで大丈夫だろうか。

そして、結界がなくなった王都のことも心配であった。

もうミラの結界は効果を失っている。

それでもまだ、新たな結界の気配を感じることはなかった。

もしこのままなら、魔物が王都に近づくこともあるだろう。瘴気も浄化されていないので、魔物そのものの強さも増している。

これから王都は、そしてこの国は試練のときを迎えることになる。

（アーサー様に関しては、完全に自業自得としか思わないけれど）

ミラは星空を見上げながら、これからのことを思った。

新しい聖女は、おそらくそれほど強い力を持っていない。だからこそ、ミラが魔法を残していけば邪魔になってしまう。

もうこの国の聖女ではないからこそ、余計なことをしてはいけない。

それに、怒りはいつまでも持続しない。

ミラも少しずつ、この国の将来のことが不安になってきた。

一度は、この国の王妃になり、この国のために生きようと決意した。

アーサーにはまったく未練はないが、その誓いを簡単に忘れることは難しい。

（もう私は、この国の聖女ではないのに……）

想いを振り払うように、首を横に振る。

この国のためにできることはもう何もないのだから、ミラも前に進むしかない。

あれから魔物の瘴気も浄化していないので、これから先の魔物の出現率がかなり上がってしまうはずだ。

今までこの国の瘴気が少なかったのは、ミラが浄化していたからだ。

魔物の死骸は腐敗することはないため、人手のないところではそのまま放置されてしまうことが多い。

だが、放置された魔物の死骸からは瘴気が発生し、それがまた新たな魔物を生み出すのだ。

ミラはこの国に来てから、頻繁にそれを浄化していた。

だが今後は死骸を処理する時間もないほど魔物が増え、そのまま放置されていくと思われる。

これから先、魔物と遭遇することもあるかもしれない。

結界と瘴気の浄化を得意としていたミラは、兄や姉のように直接魔物を倒したことはない。

でもこれからは、魔物と対峙しなくてはならないこともあるだろう。

父が亡くなった日のことを思い出すと、やはり怖い。それでも自分には、魔物と戦う聖女としての力があるのだ。

怖がってばかりいられないと、覚悟を決める。


こうしてミラは、ようやく山を下りて、麓に辿り着いた。

町の人たちの仕事のために作られた山道は、侍女が向かった道とは違う経路で山を下っている。

ここからまた、侍女が先に向かった町を目指さなくてはならず、かなり遠回りになってしまう。

だがここまで来れば、あとは国境までの整備された道を歩いていくだけでいい。

そう思って安心していた、矢先のことだった。

夕方近くにこの町に辿り着いたあと、いつものように部屋をふたつ借りて、夕食の時間までそれぞれで休むことにした。

ここまでの道のりで、ラウルは世間知らずのミラに少し呆れた様子ながらも、いつも面倒を見てくれていた。

侍女と別れてしまったことは心細いが、それでも彼がいてくれたお陰で、不安に思うことはない。

でもミラはときどき、彼の昏く淀んだ瞳と、偽聖女がこの国を滅ぼすという預言のような言葉を思い出す。

ラウルの祖国であるリーダイ王国が聖女絡みで滅びたのかもしれないと思うと、胸が苦しくなる。

ミラの生まれ育ったエイタス王国では、聖女は当たり前の存在であった。

だが他国では、魔物から人々を守り、国を守護することが使命であるはずの聖女が、政治に利用されることもあれば、死神のように嫌われることもある。

聖女とは、どうあるべきか。

今までこれほどまで深く、聖女の存在について考えたことはなかった。

そんなとき、ようやく立ち寄った町で、ミラは不穏な話を聞く。

アーサーはミラを偽聖女として追放しただけではなく、ミラが新しく聖女になったマリーレを妬んで、その力がうまく作用しないように呪いをかけたと発表したというのだ。

(どうしてこんなことに……)

ミラが王都を離れてから時間が経過し、とうとう結界の効果も完全に切れてしまった。すると、町にも魔物が出るようになったらしい。

だが、瘴気で力を増した魔物に騎士団ですら苦戦し、討伐がまったく追いついていない状態らしい。

冒険者に魔物討伐の依頼もしているらしいが、ラウルと出会った町で知ったように、この国を離れる者も多くなっている。

だが新しく聖女になったマリーレは、聖女の力をうまく使うことができなかった。

焦ったアーサーは、聖女が力を封じられているからだと言った。

(封じられている？　もしかして、魔物の瘴気に負けてしまっているのかしら……)

おそらくまだ聖女に目覚めたばかりのマリーレの力はとても弱く、魔物の瘴気に負けてしまっていると思われる。

その状態で聖女の力を使おうとすると、抑え込まれているような感覚を覚えてしまうと、聞いたことがあった。

マリーレは、聖女のいない国に何十年かぶりに生まれた聖女である。その力は、もともとあまり強くはないのかもしれない。

さらに、ミラが結界を解除したこともあり、魔物の瘴気が強くなっている。

だがアーサーはおそらく国民の不満を逸らすために、それをミラのせいにした。

魔物が町の近くにまで出現するようになり、それによって生じる王族や新しい聖女への非難をすべて、偽聖女に向けさせたのだ。

アーサーは、聖女を政治的に利用した。

「……アーサー様はすべて、私のせいにしたのね」

ミラは感情を抑え込むように、きつく手を握りしめた。

追放して偽物の汚名を着せただけではなく、今度は冤罪まで被せようとしてきた。

ミラは平気なふりをすることも忘れて、思わず溜息をついた。

さらにアーサーは自分で国外追放したミラを、凶悪犯罪者として指名手配したようだ。

長い白銀の髪を魔法でブラウンに変えているとはいえ、今の状況で町に滞在するには、リスクが高い。

これからは、ひたすら人目を避けて国境を目指すしかないのか。

一時は王太子であるアーサーの婚約者として、この国を守るために精一杯、聖女の力を使ってきた。それなのに、さすがにアーサーの仕打ちはひどすぎる。

(嘆いていても、状況は変わらない。頑張るしかないわね)

ミラは気持ちを入れ替えるように、首を振る。

心配なのは、この情報をすでに兄が掴んでいたかもしれないということだ。

もしそうなら兄は、絶対にこの国を許さないだろう。

だからこそ、この国とエイタス王国の関係が急激に悪化していたのかもしれない。

先に向かった侍女が、一刻も早く自分の無事を伝えてくれるように、祈るしかなかった。

もしアーサーの手の者に捕らえられてしまったら、偽聖女としてどんな処罰を受けるかわからない。

こうなったらなるべく町には寄らずに、できるだけ早くエイタス王国に逃げ込まなくてはならない。だが問題は、それをラウルにどうやって伝えるかだ。

もともと、こちらの身元は一切明かしていない。

それなのに引き受けてくれた彼を、これ以上巻き込んではいけないと思う。

これ以上一緒に来てもらうことができない事情ができたと話し、これまでの料金を支払って、ラウルとは別れたほうがいいのだろう。

ひとりになるのは不安だが、ラウルには、自分が追放された偽聖女だということを、絶対に知られたくない。

あの昏い瞳を向けられるかもしれないと思うだけで、震えるほど怖くなる。

思えば彼の手助けがなかったら、ここまで辿り着けたかどうかもわからない。

だからせめて、最後はきちんとお礼を言わなくてはと思う。

ラウルには夕食前にこちらの部屋に寄ってもらえるように、頼んでおいた。彼が来たらここで別れることと、今までのお礼を伝えようと思う。

だが、時間になってからミラの部屋を訪れたラウルは、急いで出発するようにミラを促した。

「今夜のうちに町を出るって、どうして？」

突然の言葉に戸惑って、ラウルを見上げる。

「話は後だ。この周辺を、ディアロ伯爵の私兵が探し回っているらしい。宿の主人には、急用ができてすぐに出なくてはならないと話をつけている」

ディアロ伯爵と聞いて、ミラも顔色を変える。

彼は、新しい聖女であるマリーレの養父だ。マリーレの力を封じた偽聖女を、自らの手で捕らえようと探し回っているのかもしれない。

どうしてラウルは、自分が追われていることを知っていたのか。

知っているのに、どうして自分を助けてくれるのか。

聞きたいことはたくさんあったが、彼の言うように、今は町を出るのが先決だろう。

ミラは急いで部屋を片付け、荷物を持って部屋を出た。

宿の主人が、日が落ちてから行動するのは危険だと心配してくれたが、ラウルが事前にきちんと説得していたため、最終的にはくれぐれも気をつけるようにと言われ、夕飯を弁当にして持たせてくれた。ありがたく受け取り、門が閉まる寸前に、町を出る。


しばらくは整備された街道を通っていたが、そのうち周辺に人がいなくなった頃を見計らって山道に入った。

今夜は、山で野宿することになるだろう。

町を出てからもラウルは何も言わず、ただ先を急ぐだけだ。

つい先ほどまで思い描いていた未来とまったく異なる展開に、ミラも戸惑いを隠せない。

それでもここで足を止めるわけにはいかないと、ただひたすら山道を歩いていた。

やがて日が暮れてきて、ラウルはようやく足を止めた。

町も遠くなり、周囲に人の気配もなくなっている。この辺なら、とりあえず安全だろう。

「今日はこの辺りで野営をしよう。周辺を見回ってくる」

「ええ、わかったわ」

ミラは頷（うなず）き、野営の準備をすることにした。

山道を通ってきたときに何度も経験したので、少しは慣れてきたつもりだ。

薪（まき）を集めてから、ミラは周囲を整備して寝る場所を確保した。見様見真似で何とか火をおこそうとしているうちに、ラウルが戻ってきた。

ラウルが手早く火をおこしてくれて、ここで宿の主人が用意してくれた弁当で夕飯にすることにした。

それが終わってから、ようやくミラはラウルとゆっくりと話す時間を持てた。

「どうして、私を連れ出してくれたの？」

彼には、事情を説明しなければならない。

そう思っていたけれど、最初に口から出てきたのは、疑問の言葉だった。

「……そうだな」

ラウルはどこから話したらいいのか迷っている様子だったが、やがて少しずつ、事情を話してくれた。

「まず、あちこちの町で偽聖女の話を聞くうちに、どうも今まで聞いてきた偽聖女騒動とは、事情が違うようだと思った」

「事情？」

「ああ。偽聖女として追放された女性は、王都に結界を張り、魔物から出る瘴気も浄化していたらしい。そんなことは、本物の聖女にしかできない。

それに彼女は王太子の婚約者にはなっていたようだが、王家に過度な要求はしていない。その婚約も、王太子が望んだものだと聞いた」

ラウルは、それなりにこの国の事情に詳しかった。

町では偽聖女とされたミラに対する恨みの言葉ばかり聞こえてきたが、それは一部の者だけだったようだ。

中には、今までこの国を守ってきてくれたのはミラだったのにと嘆いてくれた人もいたらしい。

それを聞き、すべての国民に恨まれていたわけではないと知って、少し気が楽になる。

「いろいろな人の話を聞いて、俺は、むしろ追放されたほうが本物の聖女ではないかと思った。それに俺は昔、リーダイ王国を訪れたエイタス王国の王女を見たことがある。まだ五歳くらいの小さな女の子だったが、綺麗な銀色の髪をしていた」

「……それで」

ミラはまだ幼かった頃、国王であった父に連れられて、周辺の国を回ったことがある。

そのときのことはほとんど記憶に残っていないが、後から聞かされた話では、たしかに滅亡する前のリーダイ王国も訪れていた。

ラウルはそのとき、ミラを見たのだろう。

「エイタス王国の王女が、偽聖女であるはずがない。おそらく偽物は、向こうの伯爵家の娘だろう」

つまりラウルが言っていたあの言葉。

偽聖女がこの国を滅ぼすという言葉は、ミラのことではなく、新しい聖女として神殿にいる、マリーレのことだったのだ。

ラウルは最初から、ミラが偽聖女として追放された者だと知っていて、この旅に同行してくれていたことになる。

彼には事情をきちんと話すべきだ。

そう思ったミラは、真実の名を告げる。

「たしかに私はエイタス王国の第三王女、ミラです。ロイダラス王国の国王陛下の要請に応じて、この国で聖女の役割を果たしていたわ」

ロイダラス王国に来たときから、この国の聖女として生きる覚悟を決めていた。

だからアーサーの求婚にも応じたのだ。それなのに彼は、この国に聖女が誕生した途端、自分を偽聖女として貶(おとし)め、追放した。

さらに聖女の力を封じたとして、犯罪者として指名手配までしたのだ。

「……そうか」

ラウルは頷き、ふと考え込む。

「しかしロイダラス王国の王太子も、いくら自分の国で聖女が見つかったとはいえ、エイタス王国の王女を追放して罪を被せるなど、国力の差を考えればありえないだろう」

もしかしたら、ミラの出自を知らなかったのではないか。

そう言われて、ミラも考え込む。

「たしかに、はっきりと言ったことはなかったわ。知っているとばかり思っていたから」

ロイダラス国王の要請に応じてこの国に来たのだから、当然のようにアーサーもそれを知っていると思い込んでいた。

だが彼のしたことは、エイタス王国の国王である兄リロイドに真正面から喧嘩(けんか)を売るようなものだ。

何か勝算があって、そうしたのだろうか。

しかし、増え続ける魔物にさえ対応できていない様子を見ると、それはないだろう。

アーサーは、ミラがエイタス王国の王女であることを知らないのではないか。

それが、ラウルの考えだった。

「ロイダラス国王陛下は、わざとアーサー様に伝えなかったのかしら」

神殿で聞いたところによると、アーサーには、異母弟がひとりいるらしい。

アーサーの母である正妃は、ミラがこの国に来たときにはもう亡くなっていたが、とても嫉妬深い女性だったようだ。

アーサーの異母弟を産んだ側妃につらく当たり、それが原因で体調を崩してしまった側妃は、王城から離れ、実家に帰って息子を育てていたらしい。

だからミラは、アーサーの異母弟には一度も会ったことがなかったが、まだ若いながらも優秀な者らしいと聞いたことがある。

第二王子である彼を王太子に推す勢力は、王妃が亡くなった後は力を増しているらしいとも聞いた。

もし、ロイダラス国王がその優秀な異母弟を王太子にしたいと考えていたのだとしたら。

アーサーを廃嫡するために、ミラを利用しようとした可能性もある。

聖女であり、エイタス王国の王妹であるミラに危害を加えたりしたら、彼が王太子で居続けるのは無理だろう。

（すべて、憶測でしかないけれど……）

今となっては、それを確かめる術はない。

ロイダラス国王は意識不明の状態で、国王代理となってしまったアーサーを諌めることができる者は誰もいない。

だからこそ彼は、こんなに暴走しているのだ。

でも、まさか偽聖女というだけではなく、罪人にまでされてしまうとは思わなかった。

とにかく今は、一刻も早くエイタス王国に向かうだけだ。

第四章 滅びの国の王太子

我がロイダラス王国に最後の聖女が誕生したのは、今から八十年ほど前のことだ。

歴代の聖女が高位の貴族であったにもかかわらず、最後の聖女は遺児院で育ったシスターだったようだ。

そのせいで公式に聖女と認定されるまで、十年もかかったと言われている。

我が先祖にあたる当時の国王は、最後まで彼女を聖女として認めることを渋っていた。

それでも認定せずにはいられなかったのは、いつもなら複数いたはずの候補者が、そのときはひとりもいなかったからだ。

こうして遺児院のシスターは正式に聖女として認定されたが、彼女の力は歴代の聖女と比べると、とても弱かった。

結界も張れず、瘴気（しょうき）も浄化できない。かろうじて魔物除（よ）けの護符を作れるくらいだったようだ。

しかし、他に聖女になれるような女性がいなかったこともあり、彼女は当時の王弟と結婚することになった。

だが、王弟はあまり評判の良い男ではなく、そんな男が遺児だった聖女を大切にするはずがない。

聖女は彼に散々虐（しいた）げられたようで、ふたりの間に子どもが産まれることもなかった。

それから聖女が生まれなくなってしまい、他国からは聖女を大切にしなかった罰（ばち）なのでは、などと言われてきた。

だからこそ我が父は、他国出身で素性もはっきりとしないミラを、聖女の力があるというだけで、王太子である私、アーサー・ロイダラスの妻にすると決めたのだろう。

勝手に決められてしまったことには不満が残ったが、ミラの出自はともかく、見た目は極上だった。

きちんと教育すれば、王妃としてそれほど見苦しいことにはならないだろう。

それにミラを王妃にすれば、聖女を虐げたせいで見放された国と言われることもなくなるに違いない。

加えてミラは、とても強い力を持っていた。

結界を張ることもできたし、瘴気を浄化することもできた。

彼女が次の聖女を産んでくれたら、この国の王族が聖女となる。

そうなれば、魔物の被害が大陸で一番多く、リーダイ王国の二の舞になるのではと言われているこの国も、もう安泰だ。

だからこそ私は優しく接したし、労(いたわ)るような態度も見せた。

だが、予想もしなかったことが起きた。

この国の伯爵令嬢であるマリーレが、聖女の力に目覚めたのだ。

大神官は、間違いなく彼女は聖女だと保証した。

だとすると、問題なのはミラの存在だ。

たとえ美しくとも、他国出身で素性の知れない女よりは、この国の貴族であり、聖女であるマリーレのほうが王妃としてふさわしい。

それに彼女を王妃にして、我がロイダラス王国にも聖女が生まれたのだと、各国に示したい。

(そもそも、この婚約を勝手に決めたのは父だ。私ではない)

その父は重い病に伏していて、意識もはっきりとしていない。

もしかしたら近いうちに、自分はこの国の王として即位しなければならない可能性もある。

もしそうなったとしたら、今の婚約者はミラである。

このままでは、彼女が王妃になることは決定事項だ。

「ミラを、偽物だったと証言しろ」

アーサーは大神官にそう命じた。

彼は王太子の命令通り、すぐにマリーレを本物の聖女だと認定し、同時にミラを偽物だったと発表した。

あとはアーサーがそれをミラに突きつけ、王城から追い出すだけである。

ミラが反論する可能性もあったが、この国の出身ではない彼女には、後ろ盾がない。

いつも傍(そば)に付き従っているシスターくらいしか味方はいないのだ。

結果、ミラはあっさりと王城を出ていった。

正式な婚約解消手続きを忘れてしまったことに気がついて慌てて後を追わせたが、書類にも素直に署名したようだ。

あまりにもうまくいきすぎて、少し怖いくらいだ。

だがこれで、この国は安泰だ。

このときのアーサーは、そう信じて疑わなかった。

ロイダラス王国の王太子アーサーはこの日、新しい聖女に選ばれたディアロ伯爵家の令嬢マリーレと対面していた。

神官たちに聞いていた通り、眩（まばゆ）いほどの金色の髪をした、とても美しい女性だった。

これならば、追放した前聖女のミラと比べても見劣りしないかもしれない。

彼女の美しい容姿だけは気に入っていたアーサーは、思わず笑みを浮かべていた。

気になるのは、彼女が長い間、遺児院で暮らしていたことか。

どうやら不幸な事情があったようだ。

だが、出身さえたしかであればそれでいい。教育は後からいくらでもできるからだ。

マリーレが、このロイダラス王国の伯爵令嬢であること。そして聖女の力を持っていることが、何よりも大切なのだ。

だが先に貴族の令嬢として、完璧な立ち居振る舞いを身につけてもらう必要がある。

聖女としてのお披露目は、それができるようになってからだ。

そう計画していたアーサーは、前聖女ミラの教育係だった女性を、そのままマリーレの指導に当たらせた。

彼女はとても優秀で、アーサーの婚約者が決まったときは、その女性に妃（きさき）教育をすることも決まっていた。

何せ、素性の知れないあのミラでさえ完璧な淑女に育て上げたくらいだ。

だが、マリーレが神殿に住むようになってから数日が経過したが、成果はまったく上がっていない。

まだ簡単なことさえできていないことに呆(あき)れて、アーサーは教育係を呼び出した。

「どういうことだ？」

王太子の叱咤(しった)に、彼女は申し訳ございません、と頭を下げる。

「マリーレ様は、授業をあまり受けてくださらないのです。聖女としての仕事のほうが大切だからとおっしゃって、神官様たちとずっと神殿にこもっておられます」

「神官？」

アーサーは不機嫌そうに声を上げる。

マリーレには、きちんと教育を受けるように言ったはずだ。

貴族の令嬢としての常識や礼儀が身についてから、聖女としてのお披露目をすると。

それなのに彼女はマナーの授業も受けず、勝手に聖女だと名乗っていることになる。

しかも聖女がこもっているという大神殿にいる神官は、若い男ばかりなのだ。

「とにかく、何が何でも授業を受けさせろ。あのミラでさえ完璧な淑女にしたのだから、それくらい簡単にできるだろう」

苛立(いらだ)たしい気持ちのまま、そう言い放つ。

「いえ、王太子殿下。彼女は最初から、完璧なマナーが身についておりました」

だが、教育係の女性はそれを否定した。

「何だと？」

「ミラ様のマナーは完璧で、教えることなど、何ひとつありませんでした」

しかも付け焼き刃程度のものではなく、幼い頃から自然と身につけたような、身に馴染んだものだったと彼女は言った。

「ですからミラ様は、他国の貴族のご令嬢だったのではないかと思っておりました」

思ってもみなかった言葉に、アーサーは眉を顰める。

言われてみれば、あの優雅な美しさは高貴な家系のせいかもしれない。

素性の知れない女だと思っていたが、他国の貴族の女性だとしたら事情は異なる。

アーサーの胸に、未練と後悔が広がっていく。

（いや、我が国出身の聖女のほうが、利用価値は高い。この国にも聖女が誕生するのだから）

自分にそう言い聞かせ、アーサーはマリーレに会うために大神殿に向かった。

もう一度、きちんと言い聞かせれば、彼女もわかってくれるだろう。

だが、問題はそれだけではなかった。

「これはいったい、どういうことだ」

ロイダラス王国の王太子であり、国王代理でもあるアーサーは、差し出された書類を見て声を荒らげた。

「神殿の改装計画書と、その予算案でございます、殿下」

そう答えたのは、ミラを偽聖女と認定した大神官だ。

まだ若い男で、それなりに整った顔立ちをしている。

もともとは伯爵家の次男であったが、兄が爵位を継いですぐに家を出され、神官になったと聞いている。

この若さで大神官に任命されたのも、裏で巨額の金が動いたからだ。

彼はアーサーの命に従い、ミラを偽物の聖女だったと発表することを承諾した。

それなのに彼は新しく聖女になったマリーレの言いなりで、彼女の願いはすべて叶えようとする。

「神殿の改装など必要ない。数年前に父がしたばかりだろう。そんなことより、早くマナーを完璧に覚えろと言っておけ」

いまだに王城でのマナーすら完璧ではないというのに、要求ばかりする聖女に嫌気がさす。

(あんなもの、さっさと覚えて、早く聖女としての仕事をしてもらわねば困る)

ロイダラス王国出身の聖女が誕生したのだと、国内外に大きく触れまわったのだ。

いつまでもお披露目をしなければ、信憑性が薄れてしまう。

「ですが聖女様は、偽聖女がいた場所に住むのは嫌だとおっしゃっておりますので」

「何？」

「偽聖女が残した穢れがあるそうです。このままでは、聖女としてのお役目にも支障が出てしまうほどだと」

「……穢れだと？」

聖女だったミラを退けるために、彼女を偽聖女として発表したのはアーサーだ。

だがミラは間違いなく聖女であり、穢れなどあるはずがない。

今さら発表を撤回することもできず、アーサーは考え込む。

（いや、ないとは言いきれないか）

彼女は聖女の地位と名誉を奪われてしまったことを、相当恨んでいたのかもしれない。

それが穢れとして残り、マリーレの聖女としての働きを妨げているのだろうか。

それに、一部の神官やシスターは、いまだにミラを慕っているという。

何人かは、辞職した者もいるくらいだ。

美しく、マナーも身についていたミラは、出自さえ除けば完璧な聖女であった。

それに対して新しい聖女であるマリーレは、まだ正式なお披露目もしていない。

このままでは、せっかく数十年ぶりに誕生した聖女の価値が下がってしまうかもしれない。

（どうするべきか）

神殿の改装は、するべきかもしれない。

数年前にしたばかりなので、無駄なことだと批判されるかもしれないが、そこはマリーレの言葉通りに、偽聖女が残した穢れを取り除くためだと説明すればいい。

どうせもう彼女は、この国にはいないのだから。

神殿を改装し、その間にマリーレには必要なことをすべて覚えてもらう。

そして神殿の完成と同時に、新聖女をお披露目すればいい。

もうこの国に、そんな猶予など残されていないことなど知らずに、アーサーは計画書を見直す。

「いいだろう。ただし、神殿の改装が終わると同時に、新聖女であるマリーレのお披露目も行う。それまで、聖女として完璧に振る舞えるようにしておけ」

「はい。もちろんです。マリーレ様は、いつも努力していらっしゃいます」

大神官は、笑みを浮かべてそう言うと、神殿に戻っていく。

ひとりになったアーサーは溜息（ためいき）をつくと、大神官が持ってきた書類をそのまま宰相のもとに送ることにした。

「この通りに実行しろと伝えておけ」

そう言うと、立ち上がる。

窓から見た夕陽は、不気味なほど、赤い色をしていた。

国内に魔物が出始めたという報告を、アーサーはそれほど重要視していなかった。

魔物など、以前から出ていたはずだ。

今さら何を騒いでいるのかと、その報告をしてきた者を怒鳴りつけたくらいだ。

だが、思っていたよりも事態は深刻だった。

魔物は町にまで侵入し、人的被害が出た。

これまで町に出没したのは郊外ではよく見かけるもので、それほど強い魔物ではなかったはずだ。

それなのに最近になって町を襲った魔物は、今までのものとは桁違いに強く、警備団程度では対応できなかったようだ。

仕方なく騎士団を派遣して討伐させたが、思っていたよりも手間取り、多数の怪我人（けがにん）が出てしまった。

被害は大きかったが、あれほど強い魔物はそう出ないだろう。

それを討伐できたことを喜ぶべきだ。

アーサーはそう思っていた。

それなのに。

翌日から次々に、魔物による被害の報告が上がってきた。

これだけの数だ。警備団はもちろん、騎士団にも対応できるようなものではない。

冒険者たちに報酬を出して討伐させるしかなかった。

「なぜ、こんなことに……」

これでは、昔のロイダラス王国に戻ったようなものだ。

父が魔物の討伐に苦労をして、冒険者たちや他の国の力を借りながらも必死に被害を食い止めようとしていた、昔を思い出す。

「あの頃とは違う。今、この国には聖女がいる。それなのになぜだ！」

アーサーは怒りの感情を抑えきれず、報告書の山を床に叩(たた)きつけると、そのまま聖女のいる部屋に向かった。

神殿が改装中のため、聖女マリーレは王城に滞在している。

あれから何かと口を出してくる大神官は遠ざけたが、マリーレはあれこれと理由をつけて彼を呼び出しているようだ。

それもまた、アーサーを苛立たせる原因となっていた。

部屋を守る騎士に扉を開けさせると、アーサーは聖女の部屋に入った。

美しく着飾った聖女マリーレは、突然現れたアーサーに驚き、非難するような視線を向けてきた。

「王太子殿下。今は、祈りの時間なのです。聖女様の祈りを妨げてはなりません」

今日も聖女の傍にいた大神官が、咎めるようにそう言う。

だがアーサーは、彼を乱暴に突き飛ばすと、マリーレのもとに詰め寄った。

「……っ」

不満そうな顔をしていたマリーレは、頼りにしていた大神官が目の前で突き飛ばされたところを見て、途端に怯えたような目をする。

「お前が本当に聖女なら、なぜ国内で魔物が暴れているのだ」

「わ、私はちゃんと祈りを……」

「効果のない祈りなど、何の意味もない。きちんと役目を果たせ。これ以上魔物が増えるようなら、お前も、この大神官も、聖女を騙った罪で処刑だ」

「そ、そんな……」

マリーレは狼狽えたように大神官を見るが、彼も真っ青な顔で震えるだけだ。

「聖女なら、それくらいできるはずだ」

そんなふたりを見て、アーサーは冷たく言い放つ。

たしかに、聖女は貴重な存在だ。

ロイダラス王国の中で聖女が誕生したことは、喜ばしいことである。

だが、役に立たない聖女など必要ない。

（これなら、ミラのほうがよほど……）

追放した聖女の顔を思い浮かべて、アーサーは悔しそうに歯噛みする。

マリーレがこれほど役立たずだとわかっていれば、彼女をわざわざ手放すことなどしなかったのに。だがロイダラス王国の不運は、それだけでは終わらなかった。


それから数日後。

アーサーは苛々と部屋の中を歩き回っていた。

あれから魔物の被害は、ますます多くなっている。

騎士団だけではもう対応できず、冒険者たちに魔物退治を依頼はしているが、ほとんど成果が上がっていない。

彼らが言うには、魔物が以前と比べものにならないくらい強くなっているらしい。

さらにベテランの冒険者が、不吉な言葉を残してこの国を去ったようだ。

国が滅ぶとき、魔物が急に強さを増すことがある。

それを聞いて、国を出ていく冒険者が急増したようだ。

そのせいで、事態はさらに悪くなっている。

「縁起でもないことを……」

アーサーはその冒険者を探して罰しようとしたが、もう国外に逃亡しているようで、行方を掴めない。

さらに聖女のマリーレも、毎日のように無駄に祈りを捧げているだけで、まったく役に立たなかった。

神殿の改装は、もちろん中止している。

大神官は聖女を惑わせた罪で、地下牢に放り込んでおいた。

マリーレが正しく力を使えるようになったら出してやると言ったが、それまで生きていられるかどうかは知らない。

大神官など、ミラを追放した時点で、もうどうでもいい存在だ。

アーサーは神殿に向かうと、乱暴に扉を開いた。

中途半端に改装してしまったせいで、以前よりもみすぼらしくなっている。

その神殿で必死に祈りを捧げていたマリーレは、アーサーの姿を見てびくりと身体を震わせた。

「お、王太子殿下……」

媚びるような笑みを浮かべて、マリーレは立ち上がった。

「まったく効果は出ていないようだな」

「……いえ、あの」

マリーレは言葉を探すように、視線をせわしなく左右に動かした。

「私の中に、力があることはわかるのです。ただそれを、うまく引き出すことができなくて……」

そう言うと、縋るようにアーサーを見つめた。

「誰かに力を抑え込まれているような。そんな感覚になるのです」

「何だと?」

アーサーは険しい顔をして、マリーレを見た。

彼女に聖女としての力があるのなら、さっさとそれを使わせたいところだ。

だが、マリーレは誰かに力を抑え込まれていると言う。

「……追放されたという偽聖女の穢れだと思うのです」

マリーレは両手を胸の前で組み合わせながら、アーサーを見上げる。

「私も、聖女としての役目を果たしたいと思っています。ですが、力を抑え込まれてしまっているので、どうしようもできません。どうか、その偽聖女を討伐してくださいませ」

「……ミラを、か」

アーサーは追放した聖女の名を口にして、考え込む。

マリーレには伝えていないが、ミラは偽聖女ではない。

たしかに聖女としての力を持っていた。

追放した以前の大神官もそれを認めていて、だからこそ彼女を偽物だと証言することを拒んだのだ。

だが追放されたことを恨み、自分の後釜（あとがま）に収まったマリーレの力を、その強い力で封じ込めたのかもしれない。

ミラを偽聖女として捕らえ、今のこの国の状況をすべて彼女のせいにしてしまえば、国民たちの王家や新しい聖女に対する不満はなくなるだろう。

さらに、マリーレが聖女としての力を使えるようになるかもしれない。

「お前が力を使えないのは、ミラのせいなのだな？」

確認するように問えば、彼女は狼狽えたあと、それでもしっかりと頷（うなず）いた。

「……はい。その通りです」

彼女のその言葉が、ロイダラス王国をさらに追い詰め、破滅への道を歩ませる引き金となった。

「わかった。引き続き、ここで祈っていろ。お前の力を封印している偽聖女は、必ず捕らえる」


王都から離れた町の被害は、少しずつ増しているようだ。

アーサーは、報告書を見て顔を顰（しか）める。

騎士団の派遣要請が相次いでいるが、すべてに対処できるものではない。

連日の戦闘で、動ける騎士団もそう多くはない。地方に余計な人員を割くより、王都の守りを固めたかった。

そう思っていたところに、聖女マリーレの養父（ちち）であるディアロ伯爵が面会を求めているという報告が上がった。

（ディアロか……）

もともとあまり評判の良い男ではなかった。

亡くなった兄との仲も悪く、姪（めい）をわざわざ養女にしたときには、驚きの声が上がったくらいだ。

だが、その養女にしたマリーレは聖女の力を持っていた。

叔父よりも養父になったほうが、都合が良いと考えたのだろう。

聖女になったばかりの頃は、その養父としてかなり大きな顔をしていたようだが、最近の魔物の被害の増加に危機感を募らせているようだ。

マリーレは聖女として神殿に迎えられたが、その力を使うことができずに、正式に聖女であるお披露目さえまだしていない。

むしろ今では、ほとんど幽閉状態になっている。

このままでは、マリーレのほうが偽物の聖女だと言われる可能性がある。

そうなったら養父である自分にも害が及ぶ。そう危機感を抱いて動いたのだろう。

彼の用件は、偽聖女であるミラを捕らえるため、私兵を国境に向かわせる許可が欲しいというものだった。

領地を持っている貴族は、魔物から領地を守るため、それぞれ警備団を所有している。

だが反乱などを防ぐためにも、国王の許可を得ずに領地の外に兵を出すことはできない規則となっている。

だから国王代理であるアーサーに、そう懇願したのだ。

アーサーは、魔物に遭遇したら討伐するという条件を出して、それを許可した。

本当の目的は、むしろこちらのほうだ。

ミラを偽聖女とし、マリーレに呪いをかけたと公表したことで、国や聖女マリーレに対する批判の声はほとんどなくなった。

それだけで、アーサーの目的は達成している。

もしディアロ伯爵がミラを探し出せば、役立たずのマリーレを偽聖女にして、彼女を聖女に復帰させてもいい。

ミラの聖女としての力はたしかだったし、もしかしたらミラは、他国の貴族かもしれないという可能性も出てきた。

役立つのは、どちらか。

そのときの状況で、判断する。アーサーはそう思っていた。

魔物の被害がこれ以上多くなるようだったら、他国に支援を頼むべきだという臣下もいたが、それは即座に却下した。

聖女を得て、もう不要だと断ったばかりなのに、今さら支援を請うことなどできない。

そう考えていたアーサーは、魔物が活発化していることさえ他国に報告していなかった。

そのうちマリーレも聖女の力を使えるようになるだろうし、もしいつまでも役立たずのままなら彼女のほうを偽物として追放して、またミラを聖女として迎えればいい。

そんなアーサーの考えが伝わったのだろうか。

聖女のマリーレは、焦燥を募らせているようだ。

アーサーが命じるまでもなく、必死に神殿で祈りを捧げ、何とか聖女の力を使えるようになろうと努力している。

偽聖女の呪いが強すぎる。

周囲には何度もそう言って、自分のせいではないとアピールすることも忘れてはいないようだ。

今のこの状況さえ乗り越えれば、何とかなる。

アーサーはそう思い込んでいた。

そんなある日のことだ。

毎日、魔物の被害を報告してきた宰相が、慌ててアーサーのもとに駆け込んできたのだ。

何事かと身構えたが、宰相が伝えたのは、エイタス王国の国王リロイドが、この国を訪問してきたという話だった。

先触れもなく、数人の騎士だけを連れてやってきたらしい。

「エイタス国王が？」

アーサーは彼の意図がわからずに、考え込んだ。

エイタス王国といえば、強大な軍事力と複数の聖女を有した大国だ。

その国の国王が、何が目的でこのロイダラス王国を訪れたのか。

疑問は多かったが、たとえ急な訪問でも迎えないわけにはいかないだろう。

本来なら先触れもなしに他国の領土に足を踏み入れるなど、侵略と思われても仕方のない行為である。

ましてエイタス王国とは友好国ではあっても、同盟国ではない。

アーサーも国王代理として、最初は抗議をしようと思ったくらいだ。

だが今、この国だけではなく大陸中が魔物の侵攻に悩まされているような状態である。

最強の軍事力を誇るエイタス王国を敵に回すのは、得策ではないと考えた。

しかもエイタス国王リロイドは、彼自身もかなりの剣の遣い手であり、国王自ら魔物討伐に出ているらしい。

そのリロイドが移動してきたのなら、国境近くの魔物はかなり数を減らしたことだろう。

アーサーは即座にその辺りに配置した騎士を、王都に引き上げさせるように指示を出した。

エイタス国王との対面には、聖女マリーレも同席することになった。

聖女の力を思うように使えずに焦っている彼女は、聖女が複数いるというエイタス王国の国王に、何か助言が貰(もら)えたらと思っているようだ。

そんな機会が訪れるかどうかはわからないが、この国にもきちんと聖女がいると示すのも悪くはない。

そう思ってアーサーは、マリーレの同席を許可した。

訪問は非公式なものであり、こちらも魔物の討伐に追われているような状況なので、謁見(えっけん)の間ではなく貴賓室で対面することになった。

アーサーはマリーレを聖女らしく着飾らせ、彼女を連れて、エイタス国王が待つ部屋に向かう。

リロイドは左右に騎士を従え、部屋の中央に立って、こちらを見ていた。

想像していたよりも、ずっと若い王だ。

アーサーと、そう年も変わらないのかもしれない。背は高いが、自ら剣を手にして戦う王の割には、痩身(そうしん)である。

だが、その場に立っているだけで威圧されるような覇気があった。

まさしく百戦錬磨の戦士の風格である。

白銀の髪に紫色の瞳。

その色彩に何となく見覚えがあるような気がするのは、なぜだろうか。

まず互いに挨拶を交わし、リロイドは形通りに、予告なしの訪問を詫(わ)びた。

聖女のマリーレを紹介すると、彼の瞳が険しさを増した。

威圧されたマリーレは怯えて数歩下がると、助けを求めるようにアーサーを見上げる。

さすがにこの状況でマリーレを突き放すことはできず、アーサーは彼女を庇うように前に出た。

「我が国の聖女が、何か？」

「……聖女か。かなり力が弱いようだが、数十年ぶりに現れた聖女では無理もないか。この瘴気の中では、満足に力を使うこともできないだろう」

リロイドの言葉に、アーサーは困惑した。

「それは、どういう……」

「言葉通りだ。聖女が長いあいだ現れなかった国は瘴気に満ちていて、たとえ聖女が誕生しても、すぐには力を使うことはできない。聖女としての力を自由に使えるようになるのは、おそらく次の世代になるだろう」

「な……」

聞かされたのは、思ってもみなかった言葉だった。

あまりのことに、アーサーは絶句するしかなかった。

彼の言葉が本当ならば、マリーレはまったく使えない聖女ということになる。

嘘だと思いたいが、エイタス王国には常に複数の聖女がいたという。

聖女と日常的に接している彼の言葉には、疑うことのできない信憑性があった。

「ち、違います。私が力を使えないのは、偽聖女の呪いのせいです！」

そのとき、マリーレがそう叫んだ。

アーサーに散々脅されたせいで、力の使えない聖女は切り捨てられてしまうと焦ったのだろう。

実際、アーサーは即座にマリーレを使えない女だと認識していた。

だが彼女が訴えてしまったのは、彼らが偽聖女だと貶(おとし)め、追放したのちに冤罪(えんざい)で追わせた、聖女ミラの兄だったのだ。

ふと、空気が変わったような気がした。

背筋がぞわりとする。

アーサーは、思わず自分の首に手を置いていた。

（何だ？　何が起こった？）

咄嗟(とっさ)にリロイドが連れている騎士を見たが、彼らに変化はない。

むしろ彼らも動揺しているように見える。その様子を見て、ようやく理解した。

この息苦しいほどの恐ろしさの正体。

表面上はまったく変化がないが、リロイドはマリーレの言葉に殺気立っている。

何が彼を、ここまで怒らせてしまったのだろう。

マリーレがリロイドの言葉に反論したせいだと考えたアーサーは、慌てて彼女を下がらせようとした。

「マリーレ、お前はもう下がれ」

けれど彼女にしてみれば、自分が役立たずになるかどうかの瀬戸際だ。

アーサーの言葉を聞かずに、さらに言葉を続ける。

「その呪いさえなければ、私だって……。今、その罪人の偽聖女をお養父(とう)様が追っています。その女さえ捕らえることができれば、何とかなりますから」

「マリーレ！」

命令に従わない彼女に苛立ち、アーサーは声を荒らげる。

けれどリロイドはそんな彼を制するように前に出ると、マリーレに語りかけた。

「その、偽聖女とは？」

いっそ、優しささえ感じるような穏やかな声。

マリーレは、彼が自分の主張を認めてくれたと思ったのかもしれない。

けれど、アーサーにはもう耐えられなかった。

震える足で後退しながらも、この場から逃げ出したくなる思いを必死に抑え込む。

「私の前に、この国の聖女だったミラという女です」

「……そうか」

リロイドはその名を聞くと、笑みを浮かべてマリーレを見つめた。

獲物を見つけた獣を彷彿(ほうふつ)させるような姿。

「……っ」

その肉食動物のような獰猛(どうもう)さに、マリーレはようやく気がついたようだ。

瞬時に青ざめ、助けを求めるようにおろおろと周囲を見渡す。

だが、動ける者はひとりもいなかった。

彼の護衛騎士さえも硬直してしまっている。

そんな空気の中、リロイドはゆっくりと視線をアーサーに移した。

「この国を訪問した理由は、妹を探すためだ」

アーサーはぎこちなく頷いた。

本当は疑問を投げかけたかったのだが、声を出すこともできずにいた。

たしか彼には、三人の妹がいる。

三人とも聖女であり、エイタス王国の王城で大切に守られているはずだ。

だが今、リロイドは妹を探すために来たと言っていた。

それは彼の妹が、この国に滞在しているという意味なのだろうか。

しかしエイタス王国ほどの大国の、王妹であり聖女でもある女性が、このロイダラス王国に滞在しているなどとは聞いたこともない。

それは、何かの間違いではないか。

何とか気力を振り絞ってそう言おうとしたアーサーに、リロイドはさらに言葉を続ける。

「妹は聖女として、この国を魔物から守る手助けをするために、ロイダラス国王の要請に応じてこの国に渡っている。心配したが、婚約も決まったと聞いて安心していた。だが」

リロイドは靴音を響かせ、ゆっくりとアーサーの前まで歩いてきた。

「急に婚約を破棄され、追放されたという噂(うわさ)を聞いた。それからまったく連絡がない。妹は俺と同じ色の髪をした、ミラという名だ。聞き覚えはないか？」

「！」

アーサーはとうとう立っていることができなくなって、その場に座り込んだ。

「ま、まさか……」

あのミラが、エイタス王国の王妹だったなんて、アーサーはまったく知らなかった。

父も、彼女を他国の聖女だと紹介しただけだったのだ。

だが知らなかったとはいえ、アーサーは彼女を偽聖女だと言って婚約を破棄し、国外に追放した。

さらに、マリーレに呪いをかけた罪人として、追っ手までかけたのだ。

リロイドがここまで怒っていた理由を知り、取り返しのつかない事態になったことを理解したアーサーは、身体の震えを止めることができなかった。

妹がいないのなら、こんなところに用はない。

エイタス王国の国王リロイドは、そう言い捨てて王城を立ち去った。

その迫力に、アーサーは彼の姿が見えなくなるまで、息を吸うことすら忘れていた。

(何ということだ……)

リロイドは三人の妹を溺愛している。

それは、アーサーでさえ知っていた。

その中でも一番末の妹姫は、二人の姉にも可愛(かわい)がられていたのだ。

まさか、それがあのミラだったとは。

(知らなかった。そんなこと、聞いたこともなかった……)

アーサーは座り込んだまま、心の中でそう繰り返す。

こうなってしまったのは、父王がアーサーに何も言わなかったのが、すべての元凶である。

アーサーも、ミラがあのエイタス王国の王妹だと知っていたら、たとえこの国に聖女が誕生したとしても、このような扱いはしなかったのだ。

だが、そんな言い訳ですら聞いてもらえなかった。

これでもう二度と、エイタス王国がこの国のために力を貸すことはない。

たとえこの国がリーダイ王国のように魔物に滅ぼされようと、静観するだけだろう。

「わ、私は知らなかったわ」

甲高い声でそう叫んだのは、ロイダラス王国の聖女マリーレだ。

「偽聖女だと言われたから、そう信じていただけよ。まさか、本物の聖女様だったなんて……」

「黙れ！」

その声が癇（かん）に障って、アーサーは手を上げた。

ミラを追放したときのように突き飛ばすと、マリーレは悲鳴を上げて倒れ伏した。

「お前が余計なことを言わなければ、こんなことには！」

すべてはマリーレが、偽聖女の話をリロイドにしてしまったせいだ。

そうでなければ、ミラがエイタス王国の王妹だと知ったあと、ひそかに彼女を捜索することもできたのだ。

ミラは、間違いなく聖女の力を持っていた。

その力はとても強く、その上、大国であるエイタス王国の王妹であった。

あのリロイド国王の義弟になることができていたら、この国は末永く安泰だったのに。

しかしまだ、挽回する機会はある。

アーサーはそう信じていた。

マリーレが、彼の目の前で偽聖女の話さえしなければ、打つ手はあったのだ。

（とことん、使えない女だ……）

聖女など、名ばかり。

力を使うこともできず、アーサーの言葉には逆らってばかり。

それに、些細なことだと目を瞑っていたが、その出自には少しばかり怪しいところもある。

いっそのこと彼女のほうを偽聖女として厳しく罰し、すべての罪状を押しつけてしまえば、ミラとの復縁も望めるのではないか。

（一度は婚約していたくらいだ。すべてこの女に騙されてしまっていたと謝れば、あるいは……）

もちろん、父に何も聞いていなかったことを強調することも忘れずに。

「衛兵！」

アーサーは大声で衛兵を呼ぶと、彼らに命じた。

「この女を拘束しろ。地下牢にでも放り込んでおけ！」

「そんな！　アーサー様、私は聖女なのに！」

マリーレの抗議に、アーサーは冷酷な眼差しを向ける。

「満足に力を使うこともできないくせに、何が聖女だ。すぐにディアロ伯爵も捕らえろ。反逆罪だ」

「いやああっ」

悲鳴を上げて逃げ出そうとしたマリーレだったが、すぐに衛兵たちに取り押さえられた。泣き叫ぶ彼女に背を向けて、アーサーは部屋を出た。

マリーレとその養父であるディアロ伯爵を、聖女を騙った偽物だと厳しく糾弾（きゅうだん）して処罰しなければならない。

地方から寄せられる魔物被害の報告と、騎士団の派遣要請を、アーサーはすべて黙殺していた。

それどころではない、というのが本音だった。

この国がどうなるのか、今の対応で大きく変わってしまうのだ。些細なことを気にしている場合ではない。

マリーレを偽聖女として投獄したあと、アーサーはすぐに、彼女の養父であるディアロ伯爵も反逆罪で捕らえた。

ディアロ伯爵の私兵は騎士団に組み込まれ、引き続きミラの捜索に当たらせている。

もちろん、彼女を捕らえるのではなく保護するためだ。

そうして厳しい取り調べを受けたディアロ伯爵は、マリーレが兄の娘ではないことを白状した。

彼女は、伯爵家の領地にある遺児院で生まれ育った平民だったのだ。

その遺児院を訪問したひとりの神官から、マリーレに聖女の力があると知らされた伯爵は、自身の出世と名誉のために、彼女を亡くなった兄の娘として養女にすることにした。

貴族とまったく血縁関係のない、遺児院育ちの女。

それがわかったとき、アーサーの中に少しだけ存在していたマリーレに対する未練は、綺麗（きれい）に消え去った。

聖女とは名ばかりで、力を使うこともできない。その上、遺児院育ちの平民だったのだ。

もう、養父と一緒に追放処分にしても構わないだろう。

あとは、マリーレを偽聖女としてすべての罪を着せるだけだ。

その準備をしていた最中。

ひとりの女が、神官に付き添われて王城を訪ねてきた。

「お初にお目にかかります、陛下」

そう言って笑みを浮かべたその女は、思わず息を呑むくらい美しかった。

長い黒髪。白い肌に、緑色の瞳。

白いローブを羽織っていた。

その美貌に見惚れながらも、まだ国王ではない、との言葉を返す。

だが、父の容態はかなり悪くなっている。

いずれ、アーサーが正式に国王として即位することになるだろう。

神官の説明によると、彼女は王都を襲おうとしていた魔物を、その聖なる力で打ち倒したのだと言う。

「……聖女か?」

思わずそう問うアーサーに、彼女は控えめに頷いてみせた。

「はい。わたくしはエリアーノと申します。ペーアテル大神殿に向かう途中でしたが、この国で魔物が増えていると耳にしました。何の罪もない人々が苦しんでいるのかと思うと、居ても立ってもいられずに……。勝手なことをしてしまい、申し訳ございません」

そう言って恭しく頭を下げた。

ペーアテル大神殿とは、大陸の一番北にある大神殿で、どの国にも属していない聖なる場所である。だが、神殿には多くの神官とシスターがいるが、聖女はいないはずだ。

それでもその力が本物である以上、アーサーがそれを疑うことはなかった。

マリーレとは違う。力を持った本物の聖女。

しかも、ミラには劣るが動作も優雅で美しく、容貌も見惚れるほどだ。

この聖女を手に入れることができれば、わざわざ苦労をしてエイタス王国との関係を修復しなくとも、何とかなるのではないか。

そんな考えが、アーサーの頭に浮かぶ。

たとえミラに謝罪して婚約し直すことができたとしても、これからずっとエイタス王国の機嫌をうかがわなくてはならない。

それでは、属国になったようなものだ。

何としてもこの聖女を、その力を手に入れなくてはならない。

アーサーはエリアーノと名乗った聖女に感謝を示した。

そして、大袈裟(おおげさ)なくらい聖女の力を讃(たた)えて、何か望みはないかと聞いてみた。

すると彼女が望んだのは、ほんの僅(わず)かの宝石だけ。

しかも彼女個人にではなく、ペーアテル大神殿への寄付としてだ。

その無欲な姿に感動していたアーサーだったが、見た目は美しいこの聖女こそが、リーダイ王国を滅ぼした張本人だったことを、彼はまったく知らなかった。

ロイダラス王国の王城をエリアーノという聖女が訪れてから、王都の周辺から魔物の被害は目に見えて減っていた。

むしろ魔物の襲撃は、以前よりも多くなっているくらいだ。

だが聖女エリアーノの結界は完璧で、魔物の侵入を許さなかった。

そのお陰で、王都の人々は落ち着きを取り戻している。

緊急の報告も減り、アーサーもようやく静かに考えを巡らせることができるようになっていた。

国王の執務室で、これからの課題を考えてみる。

まず、エリアーノ以外のふたりの聖女をどうするか、考えなくてはならない。

マリーレは聖女を騙った罪で、今も王城の地下牢に幽閉されている。

神官が認めていたのだから、彼女は力をうまく使えないだけで、本当に聖女である可能性もあった。

だがアーサーは出自を偽っていた時点で、マリーレはもう使えないと判断していた。

もし聖女としての力を自由に使えるのなら、予備の聖女として神殿に置いてもかまわなかった。

だがマリーレは、聖女の力も使えず、貴族でもない。

さらに自分の意志で伯爵家の娘を名乗り、アーサーさえも騙していたのだ。

養父のディアロ伯爵とともに、反逆罪で処刑しても構わないくらいだと思っている。

(だが今はまだ、その時期ではない)

今は聖女エリアーノのお陰で、国民の不満も小さくなっている。

これからまた何かが起こって彼らが騒ぎ立てるようなことがあれば、そのときこそ国に混乱を招いた偽聖女として処刑すればいいだろう。

（あとは……）

問題なのはもうひとりの聖女。

かつて婚約者でもあった、ミラのことだった。

まさか彼女が、エイタス王国の王妹であったなんて、想像すらしていなかったことだった。

だがそう言われてみれば、彼女のマナーが完璧だったことも、優雅で美しい姿をしていたことも納得できる。

容姿、聖女としての力、そして大国の王族という出自。

今思えば、すべてが完璧な女性だったのだ。

（だが父のせいで……）

最初から父さえきちんとそのことを伝えてくれていたのなら、彼女を手放すこともなかった。

今も未練は残るが、エイタス国王を敵に回してしまったことを考えると、捜索は続けるが、下手なことはできない。

彼もまた、妹の姿を求めて国中を探し回っていることだろう。

もしエイタス国王よりも先にミラを見つけることができれば、マリーレに騙されてしまっていたことを詫び、再びこの国の聖女になってくれないか頼むつもりだった。

だがエイタス国王が先に妹を見つけてしまった場合は、もう何もせずにそのまま見送ったほうがいい。

ミラを手放すのは惜しいが、こちらにも今は、エリアーノという聖女がいる。

彼女はマリーレと違って本物の聖女で、この国のために惜しみなく力を使ってくれている。

地方では魔物の被害がひどくなっているらしいが、この世界には魔物による被害がまったくない国なんて存在していない。

多少の犠牲は仕方のないものだ。

むしろ安全な場所を求めて、王都に人が殺到している。

そのうち人が増えすぎて路上で暮らす人などが出てきた。

最初のうちは黙認していたが、あまり人が増えすぎると結界に綻(ほころ)びが生まれるかもしれないとエリアーノが危惧していた。

それを聞いてからは、路上で生活しているような者は見つけ次第王都の外に放り出すように、騎士団に命じている。

王都の外には、魔物が徘徊(はいかい)している。

中にはあまりにも非道な行いだと抗議する貴族もいたが、王都の守りが弱まるかもしれないことを話すと、誰もが口を閉ざした。

力のある聖女もいる。

騎士団も常に王都内の見張りをしている。

王都は平和だった。

それはこれからもずっと、続くと思っていた。

第五章

逃避行

兄のエイタス国王リロイドがロイダラス王国の王城に乗り込んでいるとも知らず、ミラはなるべく町に近寄らないように、裏道や山道を通りながら旅を続けていた。

何度か王城の騎士らしき軍団を見かけたが、彼らは魔物退治に没頭していて、誰かを探すそぶりもない。

そして魔物を何とか倒すと、即座に場所を移動している。

どの騎士も疲れきった顔をしていて、怪我を負っている者も多いようだ。

(私を探しているわけではなさそうね……)

彼らの任務は、あくまで魔物退治のようだ。

もしかしたらアーサーは、ミラが偽聖女とは信じておらず、本気で捕らえようとしているのではないのかもしれない。

魔物が増えて討伐が追いつかないこの状況で、民衆からの不満を逸らすために、ミラを利用したのだろう。

(それはそれで、ひどいわね)

思わず溜息が出てしまう。

彼にとってミラなど、最初から都合よく使える道具でしかなかったということだ。

それなのに簡単に騙されて、優しく接してくれる彼のためにも、全力でこの国を守ろうと決意していた。

過去の自分はあまりにも世間知らずだったと、思い出すと恥ずかしくなる。

（それにしても……）

あのボロボロな騎士たちを見てしまったミラは、複雑な心境だった。

ミラの結界が消滅してから随分経過したが、まだ新しい結界が張られた気配は感じられない。

母や姉たちは、効率的な力の使い方などを研究していたが、ミラは感覚で使う。

だから自分の力以外のことは、あまりわからない。

だが、ここまでマリーレの力がまったく感じられないと不安になる。

マリーレが力を使いこなせるようになるまでには、かなりの時間が必要になるのではないか。

このままでは、この国の状態は悪くなるばかりだ。

アーサーひとりが破滅するのならば、それも仕方のないことかもしれない。

だが、こうして人が傷つき、町が襲われる様を見ていると、このまま何もせずに国を出てもいいのだろうかと考えてしまう。

迷いが生じ、注意力散漫になっていたのかもしれない。

山道を歩いていたミラは、濡れた斜面に足を取られ、バランスを崩してしまった。

ふわっと身体が浮くような感覚。

「きゃあっ」

ミラの身体は完全に宙に投げ出されて、踏みとどまることができずに、もう落ちていくしかない。

そう思った瞬間、ミラの身体はラウルの腕に抱かれていた。

前を歩いていたラウルは、必死に手を伸ばして庇うように抱き込んでくれたのだ。

それでも勢いを完全に殺すことはできなかったようで、そのまま二人とも、斜面を滑り落ちていく。

「……っ」

ミラはラウルに抱かれたまま、ぎゅっと目を閉じていた。

ときどき、ラウルの腕越しに衝撃を感じる。

彼はミラを全身で庇ってくれていた。

どのくらい落下しただろう。

手を伸ばしたラウルが斜面に生えている木をしっかりと掴み、ようやく止まることができたようだ。

「ごめんなさい」

山道を歩いているときに他のことを考えてしまい、集中力を途切れさせた自分が悪い。

ラウルの腕に抱かれたまま、まず謝罪の言葉を口にした。

「怪我はないか？」

でも彼の一声はミラを責めるようなものではなく、気遣うような優しい言葉だった。

「多分、大丈夫です」

そう答えて周囲を見渡してみると、ミラたちが滑り落ちた斜面は、そのまま崖に続いていた。

このまま滑り落ちれば崖から転落してしまうところだったと知って、ぞくりとする。

(……ここで止まれて、本当によかった)

ほっとして身体を起こそうとするが、身体のあちこちが痛む。

落ちてきた方向を見上げると、かなりの距離を滑り落ちてきてしまったようだ。

今はかろうじて大きな木の間に身を置くことができるが、下手に動くとまた滑り落ちてしまう可能性がある。

「上に戻るのは無理だ。向こうに移動しよう」

ラウルは右側に移動できそうな道を発見したらしく、ミラの手を取って慎重に歩き出した。

「足元に気をつけろ。手を俺の肩に」

「ええ。ありがとう」

彼がゆっくりと丁寧に、まるでエスコートをするように導いてくれたので、何とか危ない箇所から抜け出すことができた。

ほっとしたのも、つかの間。

「こっちだ。女の悲鳴が聞こえたぞ」

どこからか、男の声がした。

「向こうか？」

「ディアロ伯爵が探している偽聖女かもしれん。あっちにいる兵も呼べ」

複数の男たちの声。

そうして聞こえてきた、ディアロ伯爵という名前。

「！」

ミラはびくりと身体を震わせて、背後に立つラウルを見上げた。

ようやく開けた場所に出たと思った途端、追っ手に遭遇してしまったようだ。

おそらく彼らは王城の騎士ではなく、この辺を探し回っていたという、ディアロ伯爵の私兵だ。

彼の養女は、新しく聖女になったマリーレ。

自分の娘のために、呪いをかけたと言われているミラを探しているのだろう。

だとしたら、彼らが優先しているのは魔物退治ではなく、ミラを見つけて捕らえることだ。

（どうしよう……。ここから逃げなきゃ……）

一刻も早く、逃げなくてはならない。

ミラは周囲を見渡す。

「落ち着け。ひとまずここを離れるぞ」

耳元で囁かれ、声を出さずにこくりと頷く。

するとラウルはそのまま無言で、二人が下ってきた方向とは違う場所を指した。

向こうに移動しろと言っているようだ。

下手に動いてディアロ伯爵の私兵に見つかるわけにはいかない。

ミラはおとなしく、彼の指示に従うことにした。

山道を抜けると、ラウルは山を離れてそのまま草原に向かった。

その草原を抜けて川のほとりに出ると、ラウルはようやく立ち止まった。

周囲を見渡して安全を確認している。

（ここは、どこかしら？）

斜面を滑り落ちたあと、ここまで歩き続けていたミラはかなり疲労していた。

その様子に気づいたのか、ラウルはミラが座れる場所を作ってくれた。お礼を言い、倒れ込むようにしてそこに座る。

「怪我はなかったか？」

「……ええ、大丈夫よ」

ミラは頷く。

少し擦り傷ができて服が汚れた程度で、大きな怪我はしていなかった。

「あなたが庇ってくれたお陰だわ。助けてくれて、本当にありがとう」

自分よりも彼に怪我がないのか気になって、ミラは素早く彼の全身に視線を走らせた。

何度もぶつかった衝撃を感じたのだから、無傷だとは思えない。

予想していたように、彼の腕には複数の裂傷や打撲の跡があった。

「ごめんなさい。私のせいで」

「気にするな。これくらい、掠り傷だ」

ラウルはまったく気にしていないようで、傷の手当てをするそぶりすらない。

ミラは震える足で何とか立ち上がり、ラウルの腕に触れる。

「私のせいだわ。だから、せめて治療をさせて」

「……この程度に、治癒魔法は必要ない」

「でも、そのままにしておけないわ」

自分を庇って負った傷なのだから、どんなに小さなものでも癒したい。

そう主張するミラの頭を、ラウルは慰めるように撫でた。

「気にするな。それに、いちいち謝る必要はない。それよりも、町に入るのは無理そうか？」

「一応、髪と瞳の色は変えているわ。元の色とかなりかけ離れているので、すぐにはわからないと思う」

彼らが追っているのは、銀髪の聖女だ。今のミラはありふれた茶色の髪をしている。

さすがにさっきの兵士たちのように、ミラの行方を追っている者が相手では、髪色を変えただけではわかってしまうかもしれない。

でもミラは、この国に来てからはほとんど神殿にこもっていた。

だから町には、ミラの顔を知っている者はいないのではないかと思う。

「そうか。だが旅を続けるためにも、買い出しに行く必要がある」

「あ……」

そう言われて初めて、ほとんどの荷物を侍女に預けてしまっていたことを思い出す。

さらにお金もすべて侍女に預けてしまっていた。

ラウルも、ミラを庇うのが精一杯で、滑り落ちるときに荷物の一部を放り投げてしまったようだ。

（これからどうしよう……）

水さえも持っていないこの状態で、もしひとりだったらと思うと恐ろしい。

怪我をして動けなくなっていたか。あのまま兵士に捕らえられてしまうか。

無事に逃げられても、食料も水もない状態なら、三日はもたなかっただろう。

「ここから一番近い町に向かおう。俺の傍を離れるな」

「ええ、わかったわ」

そう言うとラウルはフードを被り、その紅い髪と褐色の肌を隠す。

目立たないようにするためだろう。

（……そういえば、今まで紅い髪をしていた人はひとりもいなかったわ）

追放されて町に出てから、それなりにいろいろな人を見てきた。

だがラウルのように、一目でリーダイ王国出身であるとわかるような者は、ひとりもいなかった。

近年は他国との交流が増えて、ラウルのようにはっきりとした特色を持つ者は、少なくなっていたのかもしれない。

それでもリーダイ王国は、それほど小さな国ではない。あれほどの規模の国がなくなり、魔物の棲処となってしまった以上、多くの国民が他国に流れたはずだ。

（まさか、それほど多くの人たちが、逃れることもできずに魔物に殺されてしまったというの？）

リーダイ王国だった場所は今、魔物の棲処になっている。

ミラは聖女として稀有な力を持ち、この力で何度も魔物を退けてきた。

不幸な出来事が重なったこともあって、いつしか魔物よりも人間のほうがずっと恐ろしい、そんなふうに思ってきたのかもしれない。でも今になってあらためて、魔物の恐ろしさを思い知る。

自分なら何とかなる。

そう考えるのは危険だと思い知った。

現にあれほど強かった父でさえ、魔物との戦闘で命を落としているのだ。

「どうした？」

思わずラウルを見つめていたようだ。不思議そうに尋ねられる。

「ううん、何でもないの」

ミラは首を横に振って、彼から目を逸らした。だが、つい考えてしまう。

ラウルは滅びた祖国で、どれほど多くの死を見てきたのだろう。

大切な人の死を、救えない絶望を、どれほど味わってきたのだろう。

聖女はその力を使って、人々に魔物はそれほど恐ろしいものではないと示す。

結界で魔物を退け、瘴気を浄化して弱体化する。それはとても強い力で、圧倒的なものだ。

でも聖女の力だけで、すべての人を救えるわけではない。

この国でミラが聖女だった間も、魔物による死者がひとりも出なかったわけではないのに。

(私もアーサーのことを言えないわ。この力を使えば魔物など簡単に倒せるって、傲慢になっていたのかもしれない)

聖女の力を、あまり過信してはいけない。そう思い知った。

「心配するな」

神妙な顔をしているミラを見て、ラウルはミラが町に立ち寄ることを不安に思っていると感じたのか、励ますようにそう言ってくれた。

「正反対の方向に逃げたから、あの兵士たちは、当分はこちら側には来ないだろう。旅の準備をしたら、町からもすぐに離れる。だから大丈夫だ」

「うん、そうね」

不安も反省もすべて押し込めて、ミラはただ頷いた。

この国が置かれている状況は、これからますます悪化していくだろう。旅の途中で、魔物に遭遇することもあるかもしれない。

たとえアーサーに偽聖女と呼ばれて追放されたとしても、ミラは聖女である。

聖女である自分は、これからどうするべきなのか。それを、静かに考えていた。

ラウルが向かった先は、思っていたよりも大きな町だった。

それでも王都のように入り口に門番がいる様子もなく、誰でも出入りできるようだ。

そのため、人の行き来もかなり多い。人混みに揉まれるなんて、生まれて初めての経験だった。

見つかる心配は少ないかもしれないが、彼とはぐれてしまう危険がある。

ミラは必死にラウルの後を追った。

たくさんの人たちが、食料品を買い求めている。だが、かなり大量に買っている人が多いことに気がついた。

「家族が多いのかしら？」

「どうやら食料品が手に入りにくくなっているようだ」

ラウルは小さな声でそう答えてくれた。

「魔物の出没によって街道が閉鎖されたところもある。運悪く、天候の不順も重なって、各地で崖崩れが多発しているようだ。これからはもっと、厳しくなっていくだろう」

「……」

ミラは何も言うことができず、黙って俯いた。

おそらくこのままでは、いずれ状況が悪化していくのではないかと懸念はしていた。

でも、こんなに早いとは思わなかった。

周囲に視線を巡らせてみると、足早に歩く人々の顔は、どれも暗くて深刻そうだ。

(結界を解除するべきではなかったのかしら……)

たしかに、大陸では各地で魔物の勢いが増していた。

少しずつ状況は厳しくなっていると、聖女として感じていた。

だが、ここまで急激に悪化したのは、自分が聖女としての責務を放棄してしまったからではないか。

新しい聖女の邪魔になってしまうからと、すべての結界を解除してしまったことが、悔やまれる。

ミラは唇を噛みしめて、俯いた。

「どうした?」

そんなミラの様子に気がついたラウルが、足を止めて振り返る。

「顔色が悪い。大丈夫か?」

「……ええ、平気よ」

そう答えるが、自分でもわかるくらい、その声は震えてしまっていた。

「そうは見えない。少し休むぞ」

彼はそう言うとミラの手を掴み、強引にそこから連れ出した。

「ま、待って。先を急がないと……」

「そんな顔で何を言う。心配するな。この町には、騎士も兵士もいなかった。一泊くらいなら大丈夫だ」

「でも私、お金を持っていないの。全部、手放してしまっていて……」

落ちたときに、持っていた荷物をすべて投げ捨ててしまった。

そう訴えると、ようやくラウルが足を止めてくれた。

「任務達成のための、必要経費だと思っておこう。一度、きちんと休んだほうがいい」

そう言うと、彼は商店街の手前にある宿に入り、そこで部屋を借りてくれた。

宿代も払えない身としては、こんなに綺麗(きれい)な宿に泊まらせてもらうのは申し訳なさすぎる。

「本当にごめんなさい。後で、必ずお支払いします」

「わかった。後できっちりと請求するから、もう気にするな。今は、ゆっくりと休んで体力を回復させることだけ考えろ」

そう言って、ミラの手を引いて宿の中に入っていく。

「あら、ラウル」

その部屋に向かう途中で、魔導師らしき女性とすれ違った。

黒髪でスタイルが良く、美しい女性だ。彼女はこちらを見て、妖艶(ようえん)に笑う。

「今日は随分可愛(かわい)い子を連れているのね」

だがラウルはその言葉に答えることもなく、視線すら向けずにそのままミラを連れて、借りた部屋に入った。

「あの、いいんですか?」

部屋の外から、先ほどの女性の怒った声が聞こえる。

さすがに返事くらいはしたほうがいいのではと思ったが、ラウルは別に知り合いじゃない、と言って手早くベッドを整えてくれた。

「水と食料はここに置いておく。着替えはここだ。明日の朝迎えに来るから、鍵をかけて寝ろ。俺が来るまで、誰が来ても絶対に鍵を開けるなよ」

「……ええ」

もちろん、ラウルは別室だ。

こんなところで休んでいる場合ではないとわかっているが、ラウルは何を言っても聞いてくれそうにない。それに久しぶりのベッドが、ミラを誘惑する。

ここでゆっくりと休めたら、どんなにいいだろう。

「疲れているときは、余計なことを考えてしまうものだ。いいから、ゆっくりと寝てしまえ。明日になったら元気になれるから」

「ありがとう……」

ここまで来て、遠慮しても仕方がない。ミラはラウルに礼を言うと、少し休むことにした。

彼が部屋を出たあと、言われた通りにきっちりと施錠して、念のために魔法で結界も張る。

ラウルしか通れないようにしたので、万が一、鍵を壊されてしまっても大丈夫だろう。

それから簡易な服装に着替えると、ベッドに横たわった。

「ああ……」

思わず声が出てしまうくらい、柔らかな寝台と清潔なシーツが心地良い。ミラはそのまま目を閉じる。意識はすぐに途切れていった。

身体も相当疲れていたのか、一度も目を覚ますことなく、ぐっすりと朝まで眠っていた。

そして、翌朝。

「んっ……」

ミラは目を覚ますと、横たわったまま手足を伸ばす。

カーテンの隙間から見える太陽は、随分高い位置にある。少なくとも、昼近くなのはたしかだ。

「ちょっと、寝過ごしてしまったかしら……」

ゆっくりと起き上がり、カーテンの隙間から窓の外を見つめる。すでに多くの人が、忙しそうに歩き回っていた。

こんなにゆっくりと休んだのは、神殿を追い出されてから初めてのことかもしれない。

ラウルと侍女が守ってくれていたとはいえ、野営ではぐっすりと眠ることは難しい。

以前は気になった部屋の外の気配も、昨晩はまったく気にならなかった。

（ああ、でも彼は立て替えてくれているだけなのよね。一泊いくらなのかしら……）

考えてみれば、働いてお金を得たこともないが、自分で買い物をしたこともない。

この宿一泊の値段は、どれほどの労働となるのだろう。

（私は本当に、世間知らずだわ）

我ながら呆れてしまうが、知らないならこれから学べばいいと思い直す。ラウルが言っていた、疲れているときは余計なことを考えてしまうというのは、真実だったようだ。

「うん、頑張ろう」

声に出してそう言うと、ベッド際に置いておいた水を飲み、ラウルが渡してくれたパンと果物で朝食にすることにした。それからゆっくりと身支度を整えて、ラウルを待つ。

しばらく窓越しに町の様子などを興味深く見つめていると、慌ただしく扉が叩(たた)かれた。

「おい、大丈夫か？」

「ラウル？」

「ああ、俺だ」

声は間違いなくラウルのものだ。

すぐに扉を開けようとしたが、用心したほうがいいと思い直す。

「入って。ラウルなら、問題なく入れるはずだから」

「……」

戸惑ったような気配を感じたが、そのうちゆっくりと扉が開かれて、ラウルが姿を現した。

「ごめんなさい、寝過ごしてしまったみたい」

起きるのが遅くなってしまったことを詫(わ)びると、ラウルはやや警戒したような面持ちで、ミラを見つめる。

「無事、のようだな」

「ええ。何かあったの？」

確かめるような口調に、首を傾(かし)げる。

「ああ。部屋の鍵が壊されていた。それに気づいた宿の者が、お前の無事を確認しようとしたが、扉は開いているのに中には入れなかったそうだ」

鍵の壊れた扉は開いたのに、中の様子はまったく見えず、入ることもできない。

困り果てた宿の者はラウルに連絡をして、それを聞いた彼は慌てて駆けつけてくれたようだ。

「そうだったの。ごめんなさい」

事情を知り、ミラは謝罪する。

「結界を張っていたから、そのせいね。まさか、鍵が壊されてしまうなんて」

咄嗟の判断だったが、結界を張っておいて本当によかった。

自分の危機管理能力もなかなかのものだと思っていると、ラウルは訝しげにミラを見つめていた。

何かおかしなことを言ってしまっただろうかと、首を傾げる。

「どうしたの？」

「部屋に、結界を張っていたのか？」

「ええ。一応、用心のために」

頷くと、ラウルは考え込むような顔をした。

「俺だけが入れたのは？」

「そう設定したからよ」

「つまり、俺だけが入れるように設定して、結界を張った。そういうことか？」

ミラはこくりと頷いた。

ラウルは呆れたような視線で、そんなミラを見つめる。

「そんな結界を、寝ながらあっさりと張るとは。さすが……、ということか」

「……」

ミラは、そんなラウルの言葉にすぐに応えることができずに、狼狽える。

これが、そんなに難しい魔法だとは思わなかった。

それにこれはミラにとって、聖女が使う魔法ではなく、一般魔法だという認識だった。

結界を張ったり瘴気を浄化したりする聖魔法は、魔力の消費が普通の魔法とは比べものにならないくらい多い。

そのため、聖女の魔力は一般の魔導師と比べると桁違いに大きかった。だから一般的な魔法も、簡単に使いこなすことができる。

でも、普通の魔導師がどれくらいの力を持っているのか、ミラにはまったくわからなかった。

狼狽えるミラを見ていたラウルは、大きく溜息をつくと、ミラの頭をぽんと優しく叩く。

「まぁ、いい。とにかく無事でよかった」

その声に宿る安堵の響きに、本当に心配をして、急いで駆けつけてくれたことを知る。

「心配をかけてしまって、ごめんなさい」

だから、素直にそう謝る。

「とにかく部屋の中に入ろう」

そう言って、ミラを促す。

「ええ」

ミラはほっとして頷き、窓辺に置いていた椅子をラウルの前に置くと、自分はベッドの上に腰を下ろした。

「ゆっくり休めたか？」

「……はい。久しぶりにぐっすり眠ることができたわ」

「それならよかった。だが、ここを襲撃したのは、お前を追っている者かもしれない。すぐに引き上げたほうがよさそうだ」

ラウルは、ミラの安全を確保することを最優先してくれる。

足を踏み外したミラを咄嗟に助けてくれたことといい、本当に優しい人なのだと思う。

「だが、鍵の弁償をしなければならないな。壊した奴に請求しろ……、と言いたいところだが、誰なのかわからない以上、そうもいかない」

「……鍵って、いくらなのかしら？」

現実的な問題に、ふと真顔になる。

「この鍵の構造だと、扉ごと替えることになるだろうな。だいたい、これくらいか？」

ラウルが告げた金額がどれくらいのものか、ミラにははっきりとわからなかったけれど、一泊した宿代よりも高いことを教えてもらった。

「うーん……」

旅をするための必需品や、自分の宿代を支払うのは当然だと思っている。

でも、襲撃者が壊した鍵代を支払うために頑張るのは、どう考えても理不尽だし、悔しいと思う。

ミラは立ち上がり、壊れたままの扉を見た。

「誰が壊したのかわかれば、その人に請求できるかな？」

「……それは、そうかもしれないが」

戸惑うラウルの前で、ミラは扉の前に立ち、集中するように目を閉じる。

「魔力を感じる。魔法で壊されたものね」

「魔法？」

「ええ、間違いないわ。魔法が使われた軌道を辿（たど）れば、誰の魔力なのかわかるかもしれない」

声と同じように、魔力は人それぞれ違う。

ミラは鍵が壊されたときの魔法の軌道を辿り、それがどんな魔力を持っているのか探った。

「これは、炎の魔法だわ。高温に熱して、崩して壊したのね。うーん、女性の魔力かしら。どこかで感じたことがあるような……」

ふと、この宿に入ったときのことを思い出す。

ラウルに声をかけてきた、あの黒髪の魔導師だ。

「あの人かもしれない」

ラウルにそう告げると、彼は顔を顰（しか）める。

「あの女か。俺が連れていたから、お前に興味を持ったのかもしれない」

「じゃあ、追っ手じゃないかもしれないの？」

「おそらく。鍵の弁償はあの女にしてもらおう。悪いが、少し待っていてくれ。話をつけてくる」

ラウルはそう言って立ち上がると、壊れたままの扉を見た。

「俺が戻るまで、結界はそのままにしておけよ」

「ええ、わかったわ」

彼を見送り、鍵代を弁償せずにすんだことにほっとしたミラだったが、あることに気がついて狼狽える。

「今のは、大丈夫かしら。魔法の軌道を辿るって、他の魔導師にもできること？」

幸いなことに、ラウルは犯人の正体に気を取られていた。

今度から気をつけなければ、と反省する。

ラウルが調べたところ、ミラの部屋を襲撃したのは、やはりあのとき会った女魔導師だったようだ。

最初は知らないと言い張っていたようだが、詰問するとすぐに白状したらしい。

彼女は、ラウルが連れていたミラのことが、どうしても気になってしまったらしい。

彼が自分の部屋に行ったあとに訪ねてみたが、どんなに扉を叩いても返事がなく、かっとなって魔法を使ってしまったようだ。

「結界が、張ってあって。あまりにも強靭な結界で、私にはどうしようもなかったわ。とても敵う相手じゃないとわかったから、逃げたのよ」

ミラの部屋に連れてこられた女魔導師は、そう言った。

そこまでするなんて、よほど親しい間柄だったのだろうとミラは思った。

でもラウルが言うには、昔、相棒になってほしいと言われて断っただけのようだ。

自分を相手にしなかったラウルが、少女のような年齢の魔導師を連れているのを見て、文句のひとつでも言ってやろうと思った。

それが、彼女の言い分だった。

「どうする？　不法侵入、もしくは強盗未遂で訴えるか」

「そんな！」

冷たい声でそう言ったラウルに、女魔導師は悲鳴を上げる。

「ごめんなさい。もう二度と、あなたたちには近寄らないわ。だから、許して」

まさか、魔力を辿れるようなすごい魔導師だとは思わなかった。そんな魔導師が実在するなんて思わなかった。

そう言われて、ミラは慌てて彼女の言葉を遮る。

「私は、鍵さえ弁償してくれたら、それでいいから」

やはり魔力を辿るような行為も、簡単にできることではないようだ。

今度から気をつけようと思いつつ、要求は鍵の弁償だけだと強調する。

扉をすべて交換しなくてはならないので、かなり高額になるようだが、最初のラウルの脅しが効いたらしく、彼女はすぐに同意した。

「ええ、もちろん。壊してしまったのは私だもの」

一連の事件は無事に解決して、ミラとラウルは宿を引き払い、町に出た。

しっかりとした街道を歩くのも、随分と久しぶりだ。

王城を追い出されたばかりの頃は、こんな道でも歩くことに苦労していたのに、今では山道よりもずっと歩きやすいことに感動すらしている。

周囲に人は多いが、ほとんどが冒険者のようで、剣士と魔導師の姿をしているふたりが変に目立つこともない。

それぞれのペースで歩いているが、周囲の話し声が意外とよく聞こえることに驚いた。

（やっぱり、この国を出ようとしている人が多いのね）

魔物が多く出るようになれば、仕事も増える。

腕に覚えのある冒険者ならば稼ぎ時ではないかと思うのだが、どうやらそう簡単ではないらしい。

魔物が増え始めた国は瘴気が強くなり、そのことで魔物が普段よりも何倍も強くなる。

それなのに、討伐したあとの報酬は変わらない。

同じ報酬で魔物を退治するのなら、強くなった魔物を命懸けで倒すよりも、他国で楽に倒したほうがいい。

そう考える者が多いようだ。

報酬を上げるなどして対応する国もあるようだが、残念ながらアーサーにそういう知恵はないだろう。

この国は、ゆっくりと滅びようとしている。

ミラは思わず立ち止まり、振り返って町を見つめた。

「どうした？」

ラウルも立ち止まって、そう声をかけてくれた。

「この町にも、こんなにたくさんの人が住んでいるのに」

「だが、魔物が増え始めた国は、よほどうまく立ち回らない限り、遠くない未来に滅びるだろう」

どうにかできないだろうか。

そう思案したミラに、ラウルはまた、不吉な預言のように言う。

その彼の言葉には、体験した者にしかわからない重みがあった。

「噂(うわさ)を聞く限り、ロイダラス王国の王太子は、あまり有能ではなさそうだ。この事態を乗り切ることは難しい。商人や冒険者たちもかなり他国に移動しているようだ」

転がる石は加速し続けて、もう止まらないのだろう。

何かできることはないのか。

ミラは先を歩くラウルの背を見つめながら、ついそう考えていた。


それからの旅は大きな混乱もなく、順調だった。

たまに町に立ち寄ることもあったが、兵士に見つかることもなく、無事に通り過ぎることができた。

このままなら、何事もなくエイタス王国に帰ることができるかもしれない。

順調な旅に、ミラが前途を楽観視し始めていたときに、その事件は起こった。

「おい、この先の町が魔物に襲われているらしいぞ」

周囲の冒険者がそう話しているのを聞いて、ミラは思わず立ち止まった。

見渡せば、他の旅人も皆、足を止めて不安そうに前方を見つめている。

「そんな。あの町には家族が！」

ひとりの冒険者らしき青年が、悲鳴のような声でそう言うと、町に向かって走り出した。

危ないぞ、と制止する者もいたが、青年は止まらない。

彼の仲間らしき複数の男女は、しばらく戸惑っていたが、彼の後に続いて走っていった。

「この先が通れないとなると、かなり遠回りになるな」

ラウルの声は、とても冷静だった。

「町の様子は、大丈夫なのかしら？」

思わずそう尋ねると、彼はどうだろうな、とそっけなく言う。

「もう少し行けば、見えてくると思うが」

冷静なのはラウルだけではなかった。

周囲の人たちも、これからの進路について話し合っている。

動揺していたのは、故郷を襲われたあの青年だけ。

各地を渡り歩く彼らにとっては町が襲われることさえ、そう珍しくもない日常になってしまったのだ。

ほんの少し前まで、ロイダラス王国は平穏だった。

魔物は人のいない郊外に出るだけだった。

（まさか、こんなに変わってしまうなんて……）

これは、王都にいる新しい聖女のせいだけではないと思われる。

魔物の勢いは、以前よりもかなり増している。

このままでは間違いなく、ロイダラス王国は魔物によって壊滅してしまう。

（……どうしよう）

ミラは両手をきつく握りしめて、町がある方向を見つめる。

自分なら、救うことができるのか。

それとも、ミラがそう思っているだけで、魔物の勢いはもう止められないのか。

そのとき、町の方向から断末魔のような悲鳴が聞こえてきた。

街道で立ち止まっていた者たちにも、緊張が走る。

「助けてくれ！」

先ほど町に向かっていった、彼らの声だ。

ミラは咄嗟に、その方向に向かって走り出した。

「おい、待て！」

ラウルが手を伸ばしてミラを捕まえようとしたが、それよりも早く、ミラは声の方向に全力で駆けていく。

少し坂になっている道を駆け上がると、遠くに町の様子が見えた。

その光景は、あまりにも衝撃的なものだった。

「……町が」

ほんの少し前まで人々が平穏に暮らしていただろう町は、壊滅状態になっていた。

城壁には大きな穴がいくつも開いていて、そこから狼型の魔物が入り込んでいる。

大きな門は人型の大型魔物によって壊されて、もう跡形もない。

そして、あちこちから上がっている炎は、上空を飛び回っている小型のドラゴンの攻撃によるものだろう。

「助けて……」

ふと、か細い女性の声が聞こえてきて、我に返った。

見れば、先ほど駆け出していった青年とその仲間たちが、町の上空を飛んでいた小型のドラゴンと同じような魔物によって攻撃されている。

五人ほどいたようだが、全員が血塗れで、自力では動けないようだ。

「傷を……」

彼らの傷を癒さなくては。

そう思って動いたミラに、彼らを襲っていた魔物が、気がついた。

「！」

咄嗟に結界を張ろうとしたが、間に合わない。

「ミラ！」

衝撃を覚悟して目を閉じた途端、誰かに強く抱きしめられた。

「ひとりで勝手に暴走するな！　死ぬ気か」

ラウルはミラを片手に抱いたまま魔物の攻撃を躱すと、その前に立ち、大剣を片手で構えた。

「治療したいなら、今のうちにさっさとしろ」

「……ごめんなさい」

彼が来てくれなかったら、死んでいたかもしれない。

祖国では、兄や姉は魔物と戦うために、頻繁に王都を出ていた。

だが、末妹であるミラは、一度も魔物との戦闘に参加したことがない。

咄嗟に自分の身を守れなければ、前に出るべきではない。それは、ラウルの身も危険に晒してしまう行為だと痛感した。

ごめんなさい、ともう一度呟いてから、ミラは倒れている冒険者たちに近寄った。

かなりひどい怪我だったが、ミラの力ならば問題なく癒せるだろう。

ミラは目を閉じて、治癒魔法を使う。

「偉大なる神よ。どうか彼らに慈悲を。【ヒール】」

たちまち傷は癒え、彼らは呆然と立ち尽くした。

「……これは、いったい……」

「動けるようになったらさっと逃げろ！」

小型ドラゴンの攻撃を大剣で防ぎながら、ラウルが叫ぶ。

「これ一匹ならどうにかなるが、群れが来たら終わりだ」

その言葉にはっとして、ミラは空を見上げた。

あの町の上空には、今ラウルが戦っている魔物と同じ種類の魔物が、まだ十匹近くもいる。

あれがすべてこちらに向かってきたら、大変なことになるだろう。

呆然と空を上げた冒険者たちは、悲鳴を上げながら逃げていく。

だがその悲鳴が、魔物を刺激してしまった。

「チッ」

悲鳴に反応したドラゴンが、さらに二、三匹、こちらに向かってきた。ラウルは舌打ちすると大剣を構え直し、ミラに叫ぶ。

「お前も早く逃げろ！」

「でも……」

聖女の力で瘴気を浄化すれば、魔物はかなり弱体化する。

ラウルなら、数匹くらいなら楽に倒せるだろう。

周囲を見渡してみると、ミラが助けた冒険者たちは皆、逃げてしまってこの場にいない。

もし聖女の力を使っても、見ているのはラウルだけだ。

でも、初めて間近で見た魔物が恐ろしくて、ミラは動けずにいた。

「ミラ、危ない！」

庇うように抱きしめられて、はっとする。

今は戦闘中で、魔物が次々に迫っている状況だ。

（こんなときに、怖気づいてしまうなんて）

謝ろうとして顔を上げる。

するとミラを庇ったラウルの肩が、魔物の攻撃によって傷ついているのが見えた。

「ラウル、怪我を……」

「魔物の爪が引っかかっただけだ。気にするな。戦っていれば、これくらいよくあることだ」

そう言うと彼は、傷ついた腕で大剣を構える。

「いいから早く逃げろ。街道の左側にある森の奥に、小さな村がある。そこに向かえ」

ラウルはそう言うと、もう振り返ることなく魔物に向かっていく。

（私のせいで……）

ミラは一度だけ目を瞑って、覚悟を決める。

迷いを捨て去って、ラウルの後に続いた。まずは治癒魔法で、ラウルの傷を完璧に癒す。

「傷が……」

「瘴気を浄化するわ。魔物は弱体化するから、きっと倒せるはず」

「わかった」

ミラは両手を組み合わせて祈りを捧げる。

「聖なる光よ。闇を打ち払え。……【浄化】」

そう唱えた途端、周囲が眩い光に包まれる。

間近で見た聖女の魔法に、ラウルが驚きを見せたのは、ほんの一瞬だけだった。

彼はすぐに戦闘態勢に戻った。

ミラの聖魔法によってドラゴンは弱体化し、ただのトカゲ型の魔物になってしまう。

ラウルは間髪いれずにすべて切り捨てた。

だが。

最後の一匹を倒した瞬間、町のほうから凄まじい声が聞こえてきた。

魔物の叫び声だ。

ラウルは剣を構えたまま、ミラを庇う。

「今のは……」

「戦闘が長引いたせいで、気づかれた。町を襲っていた魔物が、こっちに向かってくるぞ」

その数は、十や二十ではない。

だが迷っている暇も、逃げる暇もなかった。

ミラは次々とこちらに向かってきた魔物に対して、魔法を使う。

そうして、弱体化した魔物をラウルが倒していく。

魔物の群れは次々と押し寄せ、息をつく暇もない。

徐々に魔物の数は減ってきたが、ラウルも手傷を負うことが多くなってきた。

ミラはすぐに傷ついたラウルを癒そうとしたが、彼はそれを拒絶する。

「俺のことは構うな。魔物に集中しろ！」

「でも……」

「お前の魔力にはまだ余裕があったとしても、体力がもたない。魔物の殲滅が優先だ。また来るぞ！」

押し寄せる魔物の瘴気を、浄化し続ける。

どれくらいの時間が経過しているのか、もうわからなかった。

やがて返り血と傷からの出血で血塗れになったラウルが、最後の魔物を切り捨てる。それを見届けた瞬間、意識が遠のいた。

「……よく頑張ったな」

地面に倒れる瞬間に抱き止められ、労るような優しい言葉が聞こえてきた。

「少し、休んでもいい？」

「ああ。あとは任せろ」

ミラはゆっくりと目を閉じて、ラウルに身を委ねた。

そっと抱き上げられる気配がする。そのままミラの意識は薄れていった。

次に目を覚ましたときは、小さな部屋のベッドに寝かされていた。

窓から見えるのは、生い茂った木の葉だ。

その木の大きさから考えると、ここはラウルが言っていた、森の奥にある村なのだろう。

見上げる空は思っていたよりもずっと近く、小鳥の囀(さえず)りが聞こえてきた。

(……ラウルは?)

ベッドの上で目が覚めたミラは、視線を左右に動かした。

体力の限界まで、魔法を使ってしまったようだ。

魔力にはまだかなりの余裕がある。

それなのに、体力がもたずに使いきれなかったのが悔しい。

ラウルの傷も、おそらく癒しきれていなかったはずだ。

彼の姿を探して、ミラはゆっくりと身体を起こす。

頭痛がひどくて、眩暈(めまい)がした。

木造の小さな家で、部屋もそう広くはない。そんな部屋の片隅に長椅子が置いてあり、彼はそこで眠っていた。

ミラよりも遥(はる)かに背の高いラウルが、広いベッドにミラを寝かせて、自分はこんなに狭いところで眠っていたのだろう。

(本当に、優しい人……)

その身体にはいくつかの傷が残っている。

やはり癒しきれていなかったようだ。

もっと早く聖女の力を使っていれば、彼が傷つくこともなかった。

「ごめんなさい」

ぽつりと呟いて、彼の傷を癒そうとした。

「駄目だ」

でもそれは、いつのまにか目が覚めていたらしいラウルに止められてしまう。

「ラウル？　でも……」

「まだ起き上がるな。体力が回復していない。魔法を使うのも、当分禁止だ」

そう言うと、彼はミラをやすやすと抱き上げて、ベッドの上に運んでしまう。

「待って、せめてあなたの怪我だけでも」

「必要ない。これくらい、放っておけばそのうち治る」

「でも……」

たとえ小さな傷でも、それによって動きがいつもと異なってくる。

過酷な戦場では、それが命取りになってしまうことがあるのだと、兄がよく言っていた。

だから二人の姉もミラも、戦闘から戻ってきた兄が僅(わず)かでも傷を負っていると、すぐに癒すことにしていた。

これくらいなら大丈夫だと兄は笑っていたが、国や家族を守るために、常に最前線で戦う兄のためだ。できることがあれば、何でもしたいと思っていた。

ラウルだって、瘴気の浄化によって弱体化していたとはいえ、あれだけの魔物を倒したのだ。

ミラよりも頑丈とはいえ、体力もかなり消耗しただろう。

せめて、身体だけは万全にしていてほしい。

「俺のことは気にするな。今はゆっくりと休め」

「でも、ラウルの怪我を……」

どうか、癒させてほしい。そう何度も訴えると、ラウルは困ったように笑う。

「俺の祖国では聖女はもちろん、治癒魔導師もほとんどいなかった。だから、このくらいの怪我なら自然治癒に任せるのが普通だった。それに、今の状態で魔法を使うのは、お前の身体の回復を遅らせてしまう」

リーダイ王国には魔導師そのものが少なかったと、ラウルは言った。

「体力が回復すれば、遠慮なく癒してもらう。だから、もう少し寝ろ」

「……うん」

どうあっても治療をさせてくれないラウルの言葉に、ミラはとうとう諦めて、おとなしく目を閉じた。

彼の言うように、体力はまだ回復していなかったのだろう。

安心した途端に、また頭痛がひどくなる。本当に、少し眠ったほうがよさそうだ。

次に目が覚めたら、絶対にラウルの傷を治療させてもらおう。

そう思いながら、眠りに落ちていく。

それから何度も目覚めては、ラウルに宥められてまた眠りについた。

どのくらい、そうして眠っていたのだろう。

ようやく頭痛が消え、起き上がることができるようになった。

「顔色が良くなったな」

食事を運んできてくれたラウルが、ミラの頬にそっと触れて、安堵したように言う。

「気分は？」

「悪くないわ。いろいろとありがとう」

運んできてくれた食事も、食べやすくて消化の良さそうなものばかりだ。

ここはミラが予想していたように、あのときラウルが言っていた森の奥にある村のようだ。

宿などないくらい小さな村なので、ミラを介抱するために空いていた小さな家を借り、そこでふたりで過ごしている。

村の周辺に出没する魔物を退治したり、力仕事をしてくれるラウルは、かなり重宝されているようだ。

それでも一日に三度、ミラに食事を運んできてくれて、体調はどうかと気遣ってくれる。

ミラのベッドのすぐ傍にある窓から、小鳥の巣があるのが見える。

ベッドから動けないミラは、ずっとその雛鳥の成長を見守っていた。

何度も餌を運ぶ親鳥と、何度も様子を見に来てくれるラウルの姿が重なって見えて、自分はそこにいる雛鳥のようだと思う。

最初は少し怖そうだと思っていたラウルだったが、面倒見が良くて、とても優しい。

彼に護衛を引き受けてもらえて、本当に幸運だったと思う。

目が覚めてから十日ほど経過して、ようやくラウルから動いてもいいと許可を得ることができた。

(もう、お兄様と同じくらい、過保護なんだから……)

兄に対しては、ときどきどうして自分の気持ちをわかってくれないのかと、もどかしさや悲しさを覚えることもあった。

もちろん兄もミラを大切に思ってくれているからこそ、そうするのだとわかっている。

でもミラにだって、家族や国を大切に思う気持ちがある。それをわかってほしかった。

それに対して、ラウルに過保護にされると、何だか恥ずかしいような、嬉(うれ)しいような、何とも言えない感情になってしまうことがある。

今も、ミラが本当に無理をしていないか、注意深く見つめているラウルの視線が恥ずかしくて、視線を逸らしてしまう。

「もう旅をしても大丈夫よ」

「……そうか。なら、これからどうするか、話し合うか」

ラウルは頷くと、長椅子に座ってミラを見つめた。

「これから?」

「ああ。当初の予定通りに、このままエイタス王国を目指して旅を続けるか?」

「……それは」

すぐに答えることができなくて、ミラは俯いた。

ここで療養している間、ずっと考えていたことがある。

ラウルにも打ち明けようと思っていたけれど、なかなか言えなかった。

でも、告げるのは今しかない。

そう覚悟を決める。

「私はもうこの国の聖女ではないけれど、救える力があるのに、目の前で消えそうな命を放っておくことはできないわ。だから、この国に残ろうと思います」

それが、ミラの出した答えだった。

「王太子に追放され、汚名と冤罪まで着せられて、それでもこの国のために力を使うのか？」

ラウルの言葉に、ミラはゆっくりと首を振る。

「いいえ、この国のためではないわ。自分では選べずにこの国に生まれてしまった人々のためよ」

たしかに町の人たちの中には、ミラを偽聖女として罵る者もいた。

でも、王太子であるアーサーがそう発表したのだから、無理もない。

彼らには、真実を知る術はなかったのだから。

それに、見ず知らずの自分たちを受け入れてくれたこの村の人たちといい、親切な人もたくさんいた。

村の人たちには、いろいろな話を聞いた。

魔物に襲われて、子どもたちだけが残された村もあるらしい。

壊滅させられたあの町も、もう少し早ければ救えたかもしれない。

「この国の今の状況は、上層部の責任よ。人々の責任ではないわ。すべての人を救うことができるなんて、私だって思っていない。でも、ここで人々を見捨てて自分だけ安全な国に帰るようなことがあれば、私はもう二度と、聖女だと名乗ることはできないわ」

最初はミラも、この国の新しい聖女に遠慮して力を使わなかった。

ミラの魔法が、まだ力をうまく使えない新しい聖女の邪魔をしてしまうかもしれないと。

だが、これほどの被害が出ても、彼女は動こうとしていない。

あれから一度も、聖魔法を使った痕跡すらないのだ。

新しい聖女は、ミラが思っていたよりもずっと、力が弱いのか。

それとも、彼女は偽物で聖女ですらないのか。

どちらにしろ、力を使わず、人々を救うこともない聖女にもう遠慮する必要はない。

偽善かもしれない。

自己満足に過ぎないのかもしれない。

でも、ミラはそうすると決めたのだ。

「……これが、本物の聖女か」

緊張して彼の返答を待つミラに、ラウルがぽつりとそう呟いたのが聞こえた。

（え？）

その意味を問おうとするよりも早く、ラウルはわかった、と頷いた。

「予定変更だな。そもそも、本物の聖女であるお前が、逃げ回る必要なんてないだろう」

まっすぐに前を見据えたまま、どこか挑戦的な口調で、ラウルは言った。

「お前の力は本物だ。魔物の瘴気を浄化する様を見れば、誰にだってそれがわかる。アーサーという男に、この国の人間に、本物の聖女がどういうものなのか、はっきりと示してやれ」

「……っ」

心の中を見透かされた気がして、ミラは思わず息を呑(の)む。

聖女というものは、特別な人間ではない。

聖魔法を使えるというだけの、普通の魔導師である。

だからミラは、聖女である母に、自分は特別な存在だと思い上がらないようにと教えられてきた。

そしてこの力は、人を助けるためにあるのだとも。

そんな母の教えに従い、ミラは自分が特別な存在だと思ったことなど一度もない。

でもミラは、聖女であることに誇りを持っていた。

自ら剣を持って戦い、国を守ってきた兄を、この力で支えることができる。

自分を愛してくれた人たちを守ることもできる。

このロイダラス王国に嫁いだら、全力でこの国と国民を守ろうと誓い、そのために努力もしてきた。

それをすべて否定され、偽聖女だと貶(おとし)められて、悔しかった。

その心の傷は、エイタス王国に帰り、たとえ兄が報復してくれたとしても、けっして癒されることはなかっただろう。

この手で、この力をもって、名誉を取り戻す。

魔物から町を救い、人々を救い、本物の聖女はここにいるのだと示す。

「それができるのなら……」

でも、ミラは人間相手には無力だ。

屈強な兵士たちに取り押さえられてしまえば、もうなす術はない。

だからずっと、逃げることしかできなかったのだ。

「俺がお前の剣になる」

そんなミラの気持ちを見透かしたように、ラウルが言った。

「もう人が死ぬのは見たくないのは、俺も同じだ。もう二度と、国が滅ぶ様子も見たくない」

祖国を失ったラウルの言葉は、ミラの心にも突き刺さる。

「ええ、そうね」

ミラは頷き、ラウルの隣に立って、彼と同じようにまっすぐに前を見る。

人が死ぬのは見たくない。

それが、ラウルがミラに協力してくれる理由ならば、やはり彼はとても優しい人だ。

(きっと私のほうが、冷たいのかもしれない)

町の人たちのために力を使うことになっても、アーサーだけは、許す気持ちになれない。

国は滅びなくとも、この国の王家は滅びるかもしれない。

それでも仕方がないと思ってしまっている。

親切にしてくれた村人たちに、何度もお礼を言って家を引き払ったあと、ミラは村に魔物除(よ)けの結界を張る。

これでしばらくの間は、この村は魔物から守られるだろう。

あらかじめラウルには、あの壊滅した町に戻りたいと伝えていた。

「本当に行くのか？」

「ええ。最初に、あの町に戻りたいの」

「今はもう、誰もいないと思うが」

もし生き延びた人がいたとしても、もう逃げ出すか救助されているだろうとラウルは言う。

でも、ミラの目的は生存者を探すことではなかった。

「倒した魔物が、そのまま放置されていると思うの。そこから出る瘴気を浄化しないと、また魔物を呼び寄せてしまうわ」

「魔物を、呼び寄せる？」

不思議そうなラウルの声に、こくりと頷く。

「ええ。エイタス王国では、魔物の研究にかなり力を注いでいるわ。その研究の結果、わかったことがたくさんあるの」

エイタス王国には複数の聖女がいるため、魔物を余裕をもって倒すことができる。

そのため、その生態を研究する余裕も出てきたのだ。

魔物の死骸は腐らず、時間が経過して消滅するか、燃やして浄化するまではそのまま存在する。

その死骸を放置しておくと、魔物除けになる。一時期、各国でそう言われていたが、それは逆効果だった。

「魔物の瘴気が、さらに魔物を呼び寄せている。そして瘴気があまりにも濃くなると、そこからさらに魔物が生まれてしまう危険性もあった。……お兄様なら、もっと詳しいかもしれないわ」

「そういうことだったのか」

ミラの話を聞いたラウルが、思い詰めたような顔をして、そう呟く。

「何か、あったの？」

思わず尋ねると、彼は複雑そうに言った。

「リーダイ王国の王都でも、魔物の死骸を集めて町の近くに放置していたようだ。それが、魔物をさらに呼び寄せてしまったのか」

「ええ、おそらくは」

ラウルの心中を思って、ミラは俯いた。

(そんなことがあったなんて……)

今のロイダラス王国の状態は、滅亡してしまったラウルの祖国、リーダイ王国とよく似ているのかもしれない。

この国の人たちを救いたい。

その想いは今も変わらない。でも、その旅にラウルを同行させるのは、とても残酷なことではないか。

「ご……」

謝罪しようとした。

「あれだけの魔物の瘴気を浄化するのは、大変そうだな。身体に負担はかからないのか？」

でもそんな彼が心配したのは、回復したばかりのミラの身体のことだった。

「う、うん。浄化するだけなら、大丈夫」

動揺してしまい、思わず口ごもる。

「魔力もそんなに使わないし、私は瘴気を浄化するのが得意なの」

「離れた場所からでも使えるのか？」

「ええ。町が見えるところまで近づけば、大丈夫だと思うわ」

そう言うと、ラウルは安心したように頷いた。

「そうか。だったらすぐに向かおう」

ふたりで、町に向かう街道を歩く。

馬車も通れるほどの大きな道なのに、周囲には誰もいない。

あのとき逃げていった冒険者たちによって、町の壊滅は伝わったのかもしれない。だが、その後にミラとラウルによって魔物が討伐されたことは、誰も知らないのだろう。

だから、魔物を恐れて誰も近寄らないようだ。

「あのときは、ごめんなさい」

ミラは当時のことを思い出して、そう謝罪する。

「ひとりで勝手に行動してしまって……」

助けを求める声に反応して、ひとりで動いてしまった。

そのせいで、ラウルも巻き込んでしまったのだ。

「あれは仕方がない。町の近くで騒いでいたら、いずれ魔物に気づかれていた」

故郷の町を心配して、駆けていったひとりの冒険者。

彼を止められなかった時点で、いずれ魔物たちは彼に、そして街道にいた冒険者たちにも気がついただろう。

「だが、今後もそうだとは限らない。ひとりで暴走するなよ」

「……はい」

ミラは素直に頷いた。

しばらく歩くと、ようやく町が見えてきた。

その町の少し手前に、大量の魔物の死骸がある。

すべて、ラウルが倒したものだ。

いくらミラが瘴気を浄化して弱体化させたとはいえ、これだけの魔物を倒してしまうラウルは、
やはり凄腕（すごうで）の剣士なのだろう。

「まず、ここの魔物の瘴気を浄化するわ」

ミラは両手を前に掲げて、目を閉じる。

「光よ。この身に宿り、闇を切り裂け。……【浄化】」

放たれた聖なる光が、破壊された町に降り注ぎ、黒い影が蒸発するように消えていく。

魔物の瘴気をすべて浄化すると、傍で見守ってくれていたラウルに、もう大丈夫だと告げる。

「……空気が、まったく違うな。これが本物の聖女か。リーダイ王国を破滅させたあの聖女とは、
大違いだ」

「破滅……」

ぽつりと呟かれたラウルの言葉は、不穏なものだった。

たしかリーダイ王国には、聖女がいなかったはずだ。

「ああ」

ラウルはどこか遠くを見ているような目で、静かに頷く。

「俺はまだ子どもだったから、詳細は知らないままだ。だが魔物が溢れ、討伐が追いつかなくなってきた頃に、ひとりの聖女が王城を訪ねてきたらしい」

その聖女は、各国を回って魔物を浄化していると告げた。

魔物の被害に苦しんでいたリーダイ国王は、喜んで彼女を迎え入れたようだ。

彼が以前言っていたように、魔導師も少ない国ならば、その力は大いに役立ったのだろう。

最初はその聖女も、何度か魔物の討伐に同行して、瘴気を浄化したり、結界を張ったりしていた。

彼女は偽物ではなく本物の聖女だったのだ。

だがそのうち彼女は、寄付と称して金品を要求するようになっていく。

聖女の力を存分に見せつけられていた国王は、国を守るために惜しみなく彼女に与えた。

富も権威も、国がなくなってしまえば何の意味もないと知っていたからだ。

けれど魔物が増えるにつれ、聖女の要求はどんどん大きくなっていく。

そうして、いくら討伐しても魔物が溢れるようになってしまった頃に、聖女は姿を消した。

その頃には、国庫はもう空になっていて、彼女に差し出せるものは何ひとつ残っていなかった。

最初に陥落したのは、王都だった。

聖女の命令で、魔物の死骸を町の外にそのまま放置していたからだ。

魔物の死骸は腐敗することはないが、瘴気を出し続けている。

リーダイ王国の王都では、瘴気を出しきり、魔物の死骸が消滅するまで放置されていたのだ。

それが、さらに魔物を呼び寄せるとも知らずに。

おそらくその聖女は、自分の力の価値を上げるために常に魔物を呼び寄せる必要があった。

そのために、わざと魔物の死骸を放置させていたのだろう。

「ひどいわ。どうしてそんなことを……」

ミラは憤りを隠さずに、声を震わせる。

唯一無二であるこの力を利用して金品を貢がせ、利用価値がなくなった途端に見捨てるような真似をするなんて、絶対に許せることではない。

その聖女は、力だけは本物だったかもしれない。

でも、聖魔法を使えるだけの卑劣な人間だ。

もしその聖女がリーダイ王国を訪れなかったら、苦戦しながらも周囲の助けを得て、まだ存続していた可能性があったのに。

まるで、この国の未来のようだ。

そう思った途端、背筋がぞわりとする。

追放されたばかりの頃、ミラはそう予言した。

だが、こうして逃亡しながらも各地を巡り、人々の営みに触れた今となっては、それがどんなに恐ろしいことなのか、はっきりとわかるようになっていた。

本当にこの国は、リーダイ王国と同じような運命を辿ってしまうのだろうか。

憤るミラの姿を見て、ラウルがふと顔を綻(ほころ)ばせる。

「この国で、偽聖女が追放されたと聞いた。またあの女が魔物の被害に悩んでいる国に取り入ろうとして、失敗したのかと思っていた。だが、事実はまったく違っていたのだな」

偽聖女は、策略によって追放された本物の聖女だったのだ。

「すまなかったな。俺は、本当の聖女を知らなかったようだ」

謝罪してくれたラウルに、ミラは首を振る。

そんな目にあったのに、聖女であるミラに変わらず接してくれる。

それだけで、充分だった。

幕間　剣士の独白

こうしてミラと一緒に旅をするようになって、思い出したことがある。

それは、初めて彼女と出会った頃のことだ。

ラウルがミラと最初に出会ったのは、今から十二年ほど前。たしか、七歳の頃だったと記憶している。

この年、リーダイ王国では魔物の被害が相次ぎ、国王は正式に、エイタス王国に救援を求めた。

それを快く引き受けたエイタス国王は、即座に自ら騎士を引き連れて、魔物退治のためにリーダイ王国を訪れた。

複数の聖女を有するエイタス王国では、魔物や聖女の力の研究がとても進んでいて、今回も魔物退治を引き受ける代わりに、その調査に協力してほしいと告げたようだ。

リーダイ国王は、もちろんそれを快諾した。

そしてエイタス王国の軍勢は、圧倒的な力でたちまち魔物たちを打ち払ってくれた。

そんな屈強の軍勢の中に、ひとりの幼女がいた。

光り輝く銀髪に、紫水晶のような瞳をした、まるで天使のように美しい幼女だった。

おそらく年齢は、五歳になるかならぬかであっただろう。

彼女はエイタス王国の末姫で、聖女であった。

かの国では、驚くべきことに四人目の聖女である。

エイタス王国の国王は、その高貴な身分とは不釣り合いなほど屈強な身体つきをした剣士だったが、とくに末娘には弱いらしい。

娘を褒め称えられるたびに、可愛くてたまらないといった視線を彼女に向けていた。

それほど大切であるまだ幼い娘を、どうして戦場に連れ出しているのか。

首を傾げてそう質問したラウルに、エイタス国王は複雑そうな顔で言った。

「そうしなければならないからだ。ミラは、特別な聖女だ。他の二人と同じように、神殿にこもりきりで過ごすわけにはいかない」

ミラは今までの聖女とはまったく違う、特別な存在だとエイタス国王は言った。

あれから十二年が経ち、今のラウルにはその言葉の意味がわかるようになっていた。

知識として知っているだけだが、聖女にはそれぞれ得意な魔法があるらしい。

それ以外の魔法は一応使えるものの、威力はそれほどではない。

だがミラは、結界、瘴気の浄化、そして癒しの魔法と、すべての魔法を同じくらいの威力で使える。そんなことができるのは、今や伝説の存在となっている【護りの聖女】だけだ。

聖女の魔法は魔物と戦うことに特化しているが、護りの聖女はその言葉通り、護ることに特化した才能を持つ。

国を、人々を護るために、結界、浄化、癒しのすべての魔法を使うことができるのだ。

その力は、誰かを護りたいと強く願うことによって、ますます強くなっていくと言われている。

そしてまだ幼いながらも、ミラの力は本物だった。

それから数日後に、魔物の群れが王都の近くにある町を襲い、たまたまその町に滞在していたラウルもそれに巻き込まれてしまった。

魔物の襲撃は執拗で、さすがのエイタス軍も苦戦していた。

今思えば、リーダイ王国を悩ませていた魔物はかなり数を増やしていて、エイタス国王も簡単には片付かないことを予想していたのだろう。

だからこそ、最終手段ともいえる幼い末娘を同行させたのだ。

魔物の群れは一向に数を減らさず、戦う者にも疲労が見え始めてきたとき、王都に滞在していたエイタス国王が、ミラを連れて駆けつけたのだ。

国王と王女を守ろうとした兵士たちよりも早く、ミラは町全体に結界を張っていた。

さらに町に残っていた魔物を浄化し、傷ついた人々もたちまち癒してしまった。

それは、あっという間の出来事だった。

ミラがひとり現れただけで、絶望的だった状況は一変していた。

ラウルも浅くない傷を負っていたはずだったが、いつのまにかミラの癒しの魔法で全快していた。

淡い光に包まれて微笑む幼い少女が、本物の天使に見えたことを、はっきりと思い出した。


あれから数年後。

エイタス国王は魔物との戦闘で命を落としてしまい、ミラが表舞台に出てくることはなかった。

過保護な兄姉や母が、ミラが前線に立つことがないように、その力を隠して守っていたのだろう。

たしかに彼女の力は護るためのものであって、戦うためではない。

それなのに魔物の勢いが増している今、彼女の力を知れば、誰もが魔物との戦いで矢面に立たせようとするだろう。

それだけの強い力を、彼女は有している。

リロイドがミラを普通の聖女としてこの国に送り出したのも、ここで彼女が普通のしあわせを手に入れられるようにと願ってのことだろう。

だが、大切なミラを託されたロイダラス国王とその王太子は、事情を知らなかったとはいえ、対応を間違えた。

この国はもう滅びるしかない。

ラウルも、そう思っていた。

だがミラが特別なのは、その力だけではなかった。

ロイダラス王国の国王の要請に応じ、この国を守ってきた。

それなのに突然、理不尽に追放され、さらには冤罪まで被せられた。

自分なら、もう二度とこの国のために力を使う気持ちにはならない。

けれどミラは、この土地に生まれ、生きている人たちに罪はないと、尚も救いの手を差し伸べようとしている。

美しい外見と同じように、清らかで美しい心を持っている。

そして、【護りの聖女】がそう決めたのなら、もうこの国が滅ぶことはないだろう。

彼女の高潔な心は、ラウルの心境も変化させていた。

リーダイ王国を滅ぼした聖女に復讐するために、各国を彷徨っていた。

けれど両親も兄も、復讐など望んでいないだろう。

あの日、生きろと告げた兄の言葉を、もう一度思い出してみる。

もし、自分がひとりだけ生き残った意味があるのだとしたら、それは、こうしてミラを守るためではないか。

彼女は、魔物によって滅ぼされようとしているこの世界の、最後の希望なのかもしれない。

第六章

聖女としての自覚

こうしてミラは、ラウルとふたりで人々を救うための旅を始めた。

ある町が襲われたときも、すぐに駆けつけて魔物を殲滅（せんめつ）した。

町を守るために門の前に集まっていた警備兵は、目の前で魔物が全滅する様子を見て、ただ呆然（ぼうぜん）としていた。

その中には警備兵だけではなく、武器を手にした町の者もいた。

力がなくても戦おうとする勇敢な彼らの姿に、守りたいという気持ちがさらに増していく。

冒険者たちがほとんど逃げ出してしまい、王立騎士団さえも町から引き上げてしまったのだ。

魔物から町を守るには、自ら戦うしかないと覚悟を決めたのだろう。

それでも魔物は今までとは桁違いに強く、犯罪者から町を守るだけの警備兵や、戦い慣れない町の者では敵（かな）うはずもなかった。

おそらくこのままだったら、町は壊滅していたかもしれない。

だが、ミラとラウルはたったふたりで、魔物を全滅させていた。

もちろん、ミラひとりではできなかった。魔物を弱体化させても、それを倒せるだけの力が、ミラにはない。

それなのに、この町の代表らしき人が出てきて、ラウルとミラに町を守ってくれた礼を言ったときも、ラウルはそっけなくこう言うだけだ。

「ただ俺は、彼女に雇われただけだ」

その言葉に、この場にいるすべての視線がミラに集まった。

普通の人間なら萎縮してしまいそうだが、エイタス王国の王妹として、聖女として、見られることには慣れている。

ラウルの助言によって、地味な茶色の髪から本来の白銀の髪に戻っているミラは、柔らかく微笑んでみせた。

美しい白銀の髪に、宝石のような紫色の瞳。

質素な服を着ていても、生まれ持った気品と美貌は隠せない。

「！」

その場にいた若い男性は皆、真っ赤になって俯いてしまった。

「あなたはいったい……」

町の代表が丁寧な口調で、ミラにそう尋ねる。

「私はエイタス王国の国王リロイドの妹、ミラです」

最初に聖女ではなく、エイタス王国の王族であることを告げる。

これもラウルの提案で、先に権力の後ろ盾を示すことによって、ミラの安全を確保するのが目的のようだ。

ただの聖女では、アーサーにミラを売ろうとする者や、その力を独占しようとする者が現れるかもしれない。

ラウルは、それを危惧していた。

そして、そんなミラが王太子アーサーによって偽聖女として追われていることは、たくさんの人たちを救い、本物の聖女だと広まるまで伏せておく。

「エイタス王国の……」

彼の予想通り、その効果は抜群で、兄の名を告げただけで彼らの顔に緊張が走る。

エイタス王国の王妹が、すべて聖女であることはこの国でもよく知られているようだ。

こうして魔物を倒していけば、ミラが無事であることや居場所が、別れてしまった侍女やエイタス王国にいる兄と姉に伝わるかもしれない。

だが、今はまだ一か所に長く留まることはしない。

それもまた、ラウルの提案だ。

噂を聞いたアーサーが、追っ手を差し向けるかもしれない。

特定の場所に長居せずに積極的に町を回り、少しでも多くの人を救ったほうがいい。

ふたりで相談して、そう決めていた。

だからこのときも、必死に引き止める町の者たちを振り切り、そのままラウルと旅を続けることにしたのだ。

こうして町を救いながら旅を続けていれば、このロイダラス王国でふたりの顔と名前が知れ渡るのも、そう遠い日のことではないだろう。

美しい白銀の髪をした聖女と、リーダイ王国の生き残りであるラウルの紅い髪と褐色の肌は、かなり目立つ。

アーサーに気がつかれるのが先か。

それとも侍女と合流して、兄に連絡をしてすべてを告げるのが先か。

どちらにしろ、そうなってしまったら町に寄って宿に泊まることなどできそうにない。だから今のうちにと、今日は別の町の宿でゆっくりと休むことになった。

「わぁ、広い部屋……」

野営や、村で借りた小さな木造の家に比べたら、その宿の部屋はとても広くて綺麗で、感動してしまう。

エイタス王国で大切に守られていた頃からすれば、考えられないようなことだ。兄も姉も、この話を聞いたらとても驚くに違いない。

(今思えばあれも、貴重な体験だったわね……)

野営をして過ごした日々のことを思い出して、ひとり頷く。

確実に成長している実感があって、嬉しかった。

嬉しいことにこの宿には、大きな共同浴場がついていた。

今までもお湯を沸かして身体を洗ったり、髪を洗ったりしていたが、湯船にゆっくりと浸かるのは、神殿を追い出されて以来だ。

半端な時間だったせいか、誰もいない浴場を存分に堪能してから、部屋に戻った。

ラウルが借りてくれた部屋は、寝室がふたつにリビングが付いた、かなり大きなものだ。

ミラとしては普通の大きさの一部屋で構わないと思っていた。

けれど、あの村の小さな家で過ごしたのは緊急事態だったからだ。

普段は未婚の女性と同じ部屋で眠るわけにはいかないと、ラウルが主張したのだ。

言ってしまえば、彼の都合だ。

だから、この宿の宿泊代金は後でまとめて必ず返すが、普通の部屋の代金との差額は、ラウルの負担にしてほしい。そう主張すると、彼はひどく複雑そうな顔をしてミラを見た。

「それは構わないが……。むしろ宿代くらい、俺が払うが……」

ミラがあまりにも世間慣れしてしまっていることに、ラウルは少し衝撃を受けているようだ。

「駄目よ。自分の分は、きちんと払います。……後で」

今までどんなに深窓の姫であっても、町どころか森の中に泊まるような生活を続けていれば、嫌でも変わる。でもそんな今の自分が、ミラはとても好きだ。

そんな会話をしたことを思い出しながら、ミラがその部屋に戻ると、先にラウルが戻っていた。

彼も男性用の共同浴場に行っていたらしく、紅い髪がまだ少し濡れている。

「夕食を買ってきた」

彼はミラの姿を見てそう言うと、テーブルの上を指した。

町には多くの屋台が出ていたので、そこで買ってきてくれたらしい。

ここには冒険者組合の支部があり、まだ残っている冒険者が多いようだ。そのため、魔物による被害は最小に抑えられている。

だからこそ人が集まり、活気があるのだろう。

テーブルの上にも、パンや新鮮な果物、サラダ、スープや焼いた肉などが並べられている。

「お姫様の口に合うかどうかはわからないが……」

「ううん、何でも食べられるわ。ありがとう」

新鮮な野菜や果物が、何よりも嬉しかった。

マナーをあまり気にせずに、好きなものを食べることができるのも、しあわせだ。

パンに野菜と肉を挟んで、嬉しそうに食べるミラの姿を見て、ラウルは少し呆れたように笑う。

「世間知らずのお姫様だとばかり思っていたが、適応力はたいしたものだな」

「あなたのお陰だわ」

ミラはそう言って笑う。

逃亡生活の中では、不安ばかりだった。

守られるだけで、これからどうなるかまったくわからずに狼狽えていた。

ミラにできることは、なるべく目立たずに、守ってくれる人たちの負担を最小限にすることだけだ。

でも今は明確な目標があり、聖女の力を使うことができる。

「聖女としての誇りを取り戻すことができた。だから、強くなれたの」

これからどうなるのか、まったくわからない。

でも、できることを精一杯やるだけだ。

夕食を終えたあと、それぞれの寝室に向かう。

それほど広くないが、ひとりになるのは随分と久しぶりだ。

ミラは寝台に横たわって、手足を伸ばす。

「うーん」

思わず声が出てしまうくらい、気持ちが良い。

もし侍女が一緒にいたら、はしたないと注意されてしまうかもしれない。

彼女は無事にエイタス王国に辿り着いただろうか。

心配だったが、それを確かめる術がない。

きっと向こうでも、傍を離れてしまったミラのことを心配しているかもしれない。

一刻も早く、無事だということを伝えたい。

それには、聖女としての名を上げるしかない。

「もう一度、この国のために力を使うなんて思わなかったけれど……」

何度か探ってみたが、新しい聖女らしき魔力を感じることはできなかった。

もし彼女が聖女としての力を使ったのなら、その魔力の残滓を感じ取ることができるはずだ。

それがまったくない。

（もしかしたら、この国の瘴気が強すぎるのかもしれない。そのせいで、ますます力が弱っている可能性があるわね。でも……）

アーサーは、それを想定していなかったに違いない。

自分の思い通りにならないことに苛立ち、それを力の弱い聖女のせいだと決めつけて、彼女を責めるような真似をしていないだろうか。

会ったことはないし、ミラが追い出されるきっかけにもなった新しい聖女だ。

それでも、自分ではどうにもならないことでアーサーに罵倒されているかと思うと気の毒になってしまう。

もし姉が傍にいれば、お人好しすぎると呆れられたかもしれない。

でも彼女が何もしていないのなら、ミラがいくら力を使おうとも、新しい聖女の力の邪魔をすることはない。

「うん、もう遠慮せずに使うわ。早く、みんなと合流したいもの」

そう決意したところで、ふいに階下が騒がしくなった。

悲鳴や、叫び声が聞こえる。

何があったのだろう。

上着を羽織って寝室から出ると、ちょうどラウルも自分の部屋から出てきたところだった。

「様子を見てくる。俺が出たら、すぐに鍵を閉めろ」

「……うん」

ラウルはそう言うと、すぐに部屋を出ていった。

残されたミラは気配を探ってみたが、どうやら魔物が出没したわけではなさそうだ。

複数の人間が争っている気配を感じる。

人間同士の争いなら、ミラにできることは何もない。

おとなしく鍵を閉めて、ラウルの帰りを待つことにした。

そのうち外からも、怒鳴り声のようなものが聞こえてきた。

窓からそっと覗(のぞ)いてみると、もともとは冒険者であったと思われる、ならず者が、複数で宿を襲ったらしい。

この国の治安も、かなり悪化しているようだ。

今さらながら、ラウルが傍にいてくれて本当によかったと思う。

魔物を退ける力を持っていても、あのような人たちに襲われてしまったらなす術がない。

(無事にエイタス王国に帰ることができたら、きちんとお礼を払わなくてはね)

これだけは母にも兄にも頼らずに、自分で何とかしようと思っている。

ミラが彼に依頼して、後払いになるが必ず払うと約束したのだから、当然だ。

そんなことを思っているうちに、ならず者たちが我先に宿から逃げ去っていくのが見えた。

ラウルが追い払ってくれたのだろう。

彼の強さは本物で、道を踏み外したような者たちが敵うような相手ではない。

これで安心だと思って力を抜いた瞬間、階下から女性の悲鳴のような声が聞こえてきた。

耳を澄ませていたミラは、その声が子どもの名前を呼んで泣き叫んでいることに気がついて、鍵を開けて飛び出していた。

廊下に出た途端、血の匂いが漂ってきた。

騒動に巻き込まれて、子どもが怪我をしてしまったのかもしれない。

「ミラ」

二階から駆け降りてきたミラに真っ先に気づいたのは、ラウルだった。

彼はその腕に、血塗れになった少女を抱えている。

あまりにも痛々しい姿に、思わず息を呑む。

「癒せるか?」

「ええ、もちろん。任せて」

ミラが少女に向かって手を翳すと、少女の全身が銀色の光に包まれた。

「神よ、どうかご慈悲を……。【ヒール】」

痛々しい傷跡はたちまち消え去り、少女の顔から苦痛の色が消える。

母親らしき女性が、感極まってラウルから少女を奪い取るようにして抱きしめた。

奇跡だ、と呟く声が聞こえた。

ラウルはその声に応えるように、高らかに言い放つ。

「そうだ。これこそエイタス王国の聖女の奇跡だ」


エイタス王国の聖女の存在は、瞬く間に町じゅうに広まった。

子どもの母親からは跪いて感謝され、周囲からは賞賛の声が上がる。

町長だという壮年の男性が慌てて宿までやってきて、屋敷に招待したいと言われてしまった。

「もう、ラウルったらやりすぎよ」

それらすべてを何とか躱して、ようやく出発することができたのだ。

それなのにラウルは、呑気に笑う。

「すごいたくさんの人だったな」

「誰のせいよ！」

「聖女ならあれくらい、慣れていただろうに」

そう言われても、エイタス王国に聖女は、ミラも含めて四人もいたのだ。

皆、感謝の意は示してくれたが、あれほどの熱狂はなかったと思う。

「懐かしい光だった」

「え？」

ぽつりと呟かれた言葉を聞き逃してしまい、慌てて聞き返したけれど、ラウルはただ笑うだけだ。

どちらかといえば彼は、兄と同じように厳しい人のように見えた。

自分にも、他人にも容赦しない人かと思っていた。

そんなラウルの穏やかで優しい笑みに、ミラは不意打ちを受けたように息を呑む。

「祈りが聞こえたような気がした。早く良くなるように、痛みが引くように祈っていただろう？」

その祈りがきっと、ミラの力を強めている。

ラウルはそう言うと、真っ赤になって俯いてしまったミラを見て、また笑う。

「心配するな。何があっても、俺が必ずお前を守る。契約だからじゃない。俺が、そう決めたからだ」

「ラウル……」

彼は、ミラを認めてくれたのだ。

エイタス王国の王妹としてではなく、聖女だからというわけでもなく。

ミラ個人のことを。

そんな人は、身内以外では初めてだ。

婚約者だったアーサーは最後まで、ミラを利用できる聖女としか思っていなかった。

けれどラウルは、ミラの力が強いのは、聖女の性質を濃く受け継いだからではなく、ミラ自身の祈りがあったからだと言ってくれた。

そう思うと嬉しくなって、思わず笑みを浮かべていた。

ラウルなら絶対に、利用価値がなくなったと言ってミラを見捨てるようなことはしないだろう。

「よし、次の町に行くか」

彼はそう言うと、歩き出した。

こうして、この国でエイタス王国の聖女の話題がもう少し広まったら、今度はその聖女が、王太子アーサーによって偽聖女の汚名を着せられていると話すつもりのようだ。

アーサーの名前を出せば、周囲は騒がしくなるだろう。

彼の手の者が、ミラを捕らえようとする可能性もある。

でも、ラウルが傍にいてくれるなら怖くはない。

いつのまにかそう思っている自分に気がついて、ミラは少しだけ困惑する。

(ううん。信じてくれる人を信じるのは、間違っていないもの)

そう結論を出して、先を急いだ。


それは、ある町を訪れた日のことだった。

魔物の侵入を防ぐためか、この町の周囲には煉瓦(れんが)造りの壁が作られていて、門前には複数の警備兵がいた。

だが、その警備兵が守っているのは町ではないらしい。

彼らの傍には、一目で貴族だとわかるような壮年の男性が立っていた。

「……」

ミラはそれを見て、立ち止まった。

何だか、面倒なことになりそうな気がする。

「どっちかしら？」

隣にいるラウルを見上げてそう尋ねると、彼は考え込むように目を細めた。

「……勧誘だな。捕らえるつもりなら、わざわざ門前まで出てこない」

町を回って魔物を撃退し、怪我人を癒す聖女の存在は、地方ではかなり噂になっていた。

だがミラがエイタス王国の王妹であることは、あまり伝わっていないようだ。

アーサーの名を出すようになったことで、それを聞いた者は口にしてはいけないと思ったのだろう。

それだけで、いかに彼が独裁的なのかわかる。

だがそのせいで、こうして噂の聖女を自分たちの切り札にしたいと勧誘してくる者もいる。

それも、真っ当な勧誘ではない。

貴族ともなると、地方の町を救っている聖女がアーサーに追放され、罪人として追われているとわかっていて、取引を持ちかけてくるのだ。

匿（かくま）ってやる代わりに、力を貸せ。

そんな貴族が多すぎて、さすがにうんざりしてきたところだ。

「町の人たちは親切な人もたくさんいたけど、貴族は、さすがにこの国の貴族って感じね」

ミラが聖女の力を使っているということは、偽聖女であることやその罪状も冤罪（えんざい）だと、彼らもわかっているのだろう。

それなのに、誰ひとりとしてその汚名を晴らす手伝いをしてくれると言い出す者はいなかった。

「上層部から腐っていくのは、仕方のないことかもな。どうする?」

ラウルの問いに、ミラはしばらく考えたあとに、首を横に振る。

「あの町には行かないことにするわ。魔物対策も、しっかりしているみたいだし」

魔物を防ぐための壁に、多くの警備兵。

瘴気もそこまで溜まっていないので、しばらくは大丈夫だろう。

さすがに町の人たちが危険なら放っておくことはできないが、あれならわざわざトラブルに巻き込まれるより、先に進む方がいい。

「だがこの時間だと、今夜は野営になるかもしれない」

「大丈夫よ。慣れているもの」

胸を張ってそう言うと、ラウルもそうだな、と言って笑った。

幸い、向こうはこちらにまだ気がついていない様子だった。

そのまま道を逸れて、町から遠く離れる。

途中で何度か休憩をしながらも、この日は周囲が暗くなるまで歩き、適当な場所で野営をすることにした。

ラウルが火をおこしてくれたので、ミラはその周囲に魔物除けの結界を張る。

宿での同室は拒むラウルだったが、さすがに野営ではそうもいかない。用心のためにも、近くで眠ることになる。

焚き火の前で簡単な夕食を食べたあと、眠りにつくまでの間、ふたりで取り留めのない話をした。

「最初は、彼も優しくしてくれたの」

いつしかミラは、今までのことをラウルに語っていた。

ロイダラス国王の要請でこの国を訪れたとき、神殿にはアーサーがいて、ミラを迎えてくれた。

「いつも気を遣ってくれて、私を尊重してくれた。でもアーサー様にとって私は、聖女でしかなかった。利用できるから、優しくしていたに過ぎないのよね」

それに気がつかずに、初めて身内以外の男性に優しくされて、少しだけ浮かれていた。

今思えば彼の言葉は上辺ばかりで、本当にミラのためを思って言ってくれたものではなかった。

それなのに、ひどい言葉を投げつけられて追い出されるまで、アーサーの本性に気づけなかったのだ。

「私はただの世間知らずだったの。だから、簡単に利用されて、捨てられたのね」

ここは生まれ育った国ではないのだから、ミラを大切にしてくれる者ばかりではない。

国の事情があり、個人の事情もある。

それなのに、他国に嫁ぐ覚悟も心構えも足りなかったのだ。

「国に、連絡はしているのか？」

「ええ。手紙を出したわ。もしそれが届かなかったとしても、先に向かっている侍女が、事情を説明してくれているはず」

そう言うと、ラウルは顔を顰める。

「そうか。エイタス王国との関係が悪化していると、各地で噂されていたからな。婚約を解消され、偽聖女だと言って追放されたと聞けば、あのエイタス国王のことだ。黙ってはいないだろうな」

母と姉たちが、暴走しそうな兄を止めてくれればいいが。

ミラも切実に思う。

「きっと、向こうでも黙って待つことはしないだろう。町を救っている聖女のことがもっと話題になれば、この国の兵士より先に見つけてもらえるかもしれない」

「……そうね。頑張るわ」

この国で兄と合流することができれば、どんなに心強いか。

でも、とミラは思う。

今の旅にも、不安なことはひとつもない。

「もしお兄様と会えなくても、ラウルがいてくれるなら安心かもしれないわ」

思った通りのことを口にすると、彼は驚いたようにミラを見つめる。

「何を言う。身内のほうが安心だろう」

「ラウルと一緒にいても、安心するわ」

「……エイタス王国の一番下の王妹は、世間知らずで箱入りだという噂は本当だったな。こんな男に、簡単に騙されて」

照れたように横を向く姿が何だか可愛らしく見えて、ミラは思わず笑った。

「もう寝ろ。見張りは俺がやる」

「うん。ありがとう」

ミラは素直に横になった。

明日も歩かなくてはならないことを考えると、しっかりと休んだほうがいい。

もう少し、ふたりで旅をしていたい。

けれど、侍女も兄も、きっと心配して探し回ってくれているはずだ。

みんなに心配をかけてしまっているのに、そんなことを思ってしまった罪悪感が、胸に残っている。

（お兄様、お姉様、お母様。ごめんなさい……）

そのせいか、それとも久しぶりの野営のせいか。

眠りが浅くて、夜中に何度も目を覚ましてしまった。そのたびに、ラウルにまだ寝ていろと宥められる。

彼はずっと見張りをするつもりらしい。

結界が張ってあるから、ラウルにも休んでほしい。

あの女魔導師に鍵を壊されたときと同じように、誰も入れない結界だと告げると、ラウルも頷いてくれた。

彼が横になったのを見て、ミラも安心して目を閉じる。


そうして、迎えた翌朝。

騒がしい鳥の鳴き声で目が覚めたミラだったが、起きたときにラウルの姿はなかった。

「ラウル？」

彼がミラを置いて、どこかに行くとは思えない。

ラウルの姿を探して周囲を見渡していると、ふと異質な気配がすることに気がついた。

（魔物の気配だわ）

しかも、かなり強い魔物のようだ。

その魔物の気配がするのは、ミラが張った結界の外である。

即座に立ち上がり、その方向に駆け出した。

（もしかして、ラウルが……）

ひとりで、戦っているのかもしれない。そう思うと、じっとしていることなんてできなかった。

魔物の気配を辿りながら、足場の悪い道を必死に走る。

すると、耳障りな魔物の咆哮が聞こえてきた。

咄嗟に耳を塞いだミラだったが、その声が聞こえてきた方向に、探している姿を見つけて、彼の名を呼ぶ。

「ラウル！」

深い森の中に、見上げるほどの大きな洞窟があった。

そこから、巨大な蜥蜴の魔物が顔を出している。

その姿は全身すべて硬い鱗に覆われ、人間を遥かに超える大きさだった。

ラウルは大剣を構え、その魔物と対峙していた。

焦げくさい匂いが広がっている。

炎を吐く魔物なのだろう。周囲は焼け焦げ、ラウルも無傷ではないようだ。

「ごめんなさい、遅くなってしまって」

ミラは彼のもとに走り寄った。

右肩から腕にかけて、衣服が焼け焦げている。剣を片手で持っていることから見ても、魔物にやられたのだろう。

彼が傷を負う前に気がつけなかったことが、悔やまれる。

たとえ傷は癒せても、負った痛みまでは消し去ることはできないのだ。

だが、ミラがその傷を癒そうとすると、ラウルはそれを遮るように言った。

「ミラ、あの子たちを」

「え？」

その視線の先には、五人ほどの小さな子どもが、身を寄せ合って震えていた。

ラウルは魔物からその子どもたちを守って、戦っていたのだ。

「わかったわ。任せて」

そう言うと、子どもたちを癒し周囲に結界を張って守る。

「これで大丈夫」

「助かった」

ラウルはそう言うと、大剣を構え直す。

「危ないから、下がっていろ」

「私なら大丈夫。瘴気を浄化するわ」

そう言ってラウルの隣に立つと、魔物から溢(あふ)れ出す瘴気を即座に浄化する。

すると巨大な魔物は、たちまち人間と同じくらいのサイズにまで縮んだ。

「ごめんなさい。遅れてしまって」

再度そう謝罪しながら、ラウルの傷ついた腕にそっと触れる。先ほど癒した子どもよりも、さらに深い傷のようだ。

(お姉様が言っていたわ。魔物の炎による火傷(やけど)は、たちが悪いって。表面だけを癒しても、痛みはいつまでも残るのよ)

ミラが得意なのは、結界と浄化の魔法だ。

(でもラウルの腕に、そんな痛みは残したくない。お願い、治って……)

呪文を唱えることも忘れて、そう必死に祈り続けた。

どうか痛みが消えますように。

元通りに、動かせるようになりますように。

ミラの祈りが、周囲に広がっていく。

呪文ではなく、その祈りが魔力となって、癒しの魔法が発動していた。

周囲が光に包まれていく。

「駄目だ。これ以上力を使うな!」

ふいにラウルの声が聞こえてきて、魔法が途切れてしまう。

「あ……」

目の前に、心配そうなラウルの顔がある。

意識が遠のいていたらしく、彼の腕に抱きかかえられていた。

(あ、傷は……)

すぐに彼の右腕を見る。火傷は跡形もないようだ。

「よかった……」

「よくない。無理をするな」

やや厳しい口調で言われて、驚いて彼を見上げる。

「でも……」

「周囲を見てみろ。俺の傷を癒しただけではなく、魔物を消滅させ、この周辺まで浄化したようだ」

「えっ」

そう言われて慌てて左右を見渡してみると、あの魔物の姿はもちろん、瘴気さえも跡形もない。

「これ、私がやったの？」

驚いてそう言うと、ラウルは呆れたような顔をした。

「他に誰がいる？　何度も言うが、無理をするな。また倒れたらどうする」

「……ごめんなさい。無意識だったみたい。早くラウルの傷を癒したくて、ただそれだけを願っていたの」

どうやら祈りを込めた魔法は、今までよりもずっと強くなるようだ。

「いや、謝るのは俺のほうだ」

そう言うと、抱きかかえていたミラをそっと地面に降ろしてくれた。

「謝る？　どうして？」

「お前にはひとりで暴走するなと偉そうに言っておきながら、自分が単独行動をした」

「でも、子どもたちを守るためでしょう？」

「お前だって、あの冒険者を助けるためだった」

ミラは思わず笑みを浮かべる。

実はふたりとも、中身は似ているのかもしれない。

「仕方ないわ。だって私たちは、人助けをするために旅をしているのだから」

お前はそうだが、俺はただの護衛だ、とラウルは言い訳をするように言っていた。

でもただの護衛ならば、子どもたちの悲鳴が聞こえた途端、結界があるとはいえ、ミラを残して飛び出したりしない。

(もちろん、子どもたちを優先したラウルの行動は正しいと思うけれど)

それを本人が頑なに認めないのがおかしくて、ミラはくすくすと笑う。

「ねえ、ラウル。お互いに忘れないようにしましょう」

聖女に祖国を滅ぼされたラウルが、聖女であるミラを助けてくれているのも、彼が優しいからだ。

ミラはそう確信していた。

「私たちは、ひとりじゃない。暴走しそうになったらそれを思い出して、互いに協力を求めましょう。ふたりならもっと、迅速に安全に動けるわ」

ミラが聖女として人々を救いたいと思っているように、ラウルも、困っている人がいたら手を差し伸べずにはいられない人だ。

だから、ふたりで行動するのが一番いい。

「……そうだな」

ラウルは少し躊躇ったあとに、頷いた。

彼としては、護衛対象であるミラにそこまでしてもらってもいいのか、気になっているのだろう。

この様子では、ひとりでどうにかなることなら、今までのようにひとりで解決してしまいそうだ。

(契約を持ちかけたのは私だけど……)

できればこれからは護衛ではなく、対等な関係でありたいものだと思う。

互いに助け合う相棒。

冒険者でいう、パーティメンバー。

ラウルが傍にいてくれたら、ミラはもっと強い力を使えるようになる気がする。

(そういえば、お母様が言っていたわ。誰かを想って使った魔法が、今までと比べものにならないくらい強くなったら、すぐに教えなさいって。このことかしら?)

ふと、思い出した。

エイタス王国にいる母に今すぐ伝えることはできないけれど、帰国したら話してみよう。

そんなことを考えていた。

とりあえず保護した子どもたちを、安全な場所に移動させなくてはならない。

ミラとラウルは子どもたちを連れて、一旦野営していた場所まで戻ることにした。

「大丈夫? 怪我はなかった?」

ミラが優しく声をかけると、子どもたちはまだ怯えた顔をしながらも、こくりと頷く。

子どもたちは、男の子が二人、女の子が三人の、全部で五人だ。

どうやらこの子どもたちは、あの壊滅した町の遺児院に住んでいたらしい。あの日は五人で町の外にある畑に収穫に向かっていたため、運良く難を逃れたようだ。

そうして町が魔物の襲撃によって壊滅したあと、残された子どもたちで協力し合って、あの山の中にある洞窟に隠れ住んでいたのだという。

そこを、あのトカゲのような魔物に襲われてしまったのだ。

携帯食を子どもたちに配り、かなり大きいが、ラウルやミラの着替えを着せて、暖かい毛布を掛けてやる。

大人に保護されて安心したのか、子どもたちは皆、毛布に包まったまま眠ってしまったようだ。

(……かわいそうに)

この子たちには戻る場所も、身を寄せる親戚もいないのだ。

「どうしたらいいのかしら?」

隣にいるラウルに相談する。

「聖女の噂も充分に広がっただろう。昨日のような輩も増えてきた。そろそろ一か所に留まるべきかもしれないな」

たしかに貴族たちの勧誘や、ミラをエイタス王国の王女と知って、近づこうとする者も多くなってきた。

ここは彼の言うように、拠点を決めて兄と合流できるまで、守りを固くするべきなのかもしれない。

「だとしたら、どこがいいかしら。ここから近くて、人があまり近寄らなくて、生活できそうな場所は……」

ふと思いついたのは、子どもたちが住んでいたという町だ。

あの町を襲った魔物は殲滅し、瘴気も浄化したので、もう危険はない。

魔物によって破壊された場所も多いが、もともと町だったので、山で野営するよりは暮らしやすいはずだ。

町が壊滅したという噂も広まっているので、人が近寄ることもないだろう。

「この子たちが住んでいたあの町を、拠点にすることはできないかしら？」

そう思って提案すると、ラウルは少し考え込む。

「場所としては悪くない。エイタス王国の国境も近い。だが、子どもたちをすぐに連れていくことはできないな」

「怪我をしている子は、いないみたいだけれど……」

もう少し休ませたほうがいいだろうか。

そんなことを思って首を傾げたミラに、ラウルは少し言いにくそうに告げた。

「魔物は瘴気を浄化されて消えたが、魔物によって殺されてしまった人たちは、そのまま町に残されている。そんなところに、子どもたちを連れていくわけにはいかない」

「あ……」

魔物によって殺されてしまった人たちの遺体が、町にはそのまま残されているのだ。

そのことに思い至らなかったミラは、それを恥じるように俯いた。

「……ごめんなさい。配慮が足りなかったわ」

「いや、謝ることではない」

ラウルは落ち込むミラを慰めるように優しく言うと、立ち上がって周囲を見渡した。

「この辺りに結界を張って、誰も近づけないようにすることは可能か？」

「ええ。魔物も人も寄せつけない結界を張るわ」

「だったら三日……、いや、二日でいい。ここで、子どもたちを守っていてほしい」

「え？」

子どもたちを結界の中に残して、ふたりで町に行こうと思っていたミラは、彼の言葉に驚いて声を上げた。

「私も一緒に……」

「いや、こんな山の中に置き去りにされたら、子どもたちが不安に思うだろう。それに、魔物に殺された人の遺体は無残なものだ。お前には見せたくない」

「……でも」

「俺なら大丈夫だ。一度、経験している」

ラウルはミラを安心させようとして、そう言ったのかもしれない。

でも、彼がそんな経験をしていたという事実に、胸が痛くなる。

「私も行くわ」

「ミラ？　だが、子どもたちは……」

「食料はたくさん置いておくし、必ず迎えに来るって約束する。絶対に、あなたをひとりで行かせたりしないわ」

それに、ミラは聖女なのだ。

犠牲になった人たちのために、祈りを捧げたい。

そう言うと、さすがにラウルも、強く反対することはできないようだ。

それでも子どもたちが優先なのは譲れないようで、子どもたちだけで待っていることができるのなら、ミラも一緒に行く。

そうすることに決まった。

「僕たちは大丈夫です。ここで待っています」

ミラが事情を説明すると、最年長の男の子は仲間を見渡したあと、落ち着いた様子でそう答えた。

彼は十二歳で、名前はエルドというらしい。

年齢の割にはしっかりとした口調で、一番年下の男の子と、三人の女の子を守るように立っている。

彼らが住んでいたのは、町の東側にある教会に隣接している遺児院だという。

そこには十人の子どもたちと、世話をしてくれたシスターがひとりいたらしい。

あと五人の子どもとそのシスターは、町に残っていたのだろう。おそらく、魔物に殺されてしまったと思われる。

せめてこの子たちだけは、守りたかった。

魔物の被害がひどくなってきたこの国では、人々も余裕をなくしている。

病人や老人、そして子どもなど、弱い者が虐げられていることも多くなってきたと聞く。

そんな人たちが安全に暮らせる場所を確保するためにも、町の様子を見てこなくてはならない。

「水と食料はたくさんあるし、魔物も人も、この辺りには近づけないようになっているわ。だから安心して。必ず迎えに来るからね」

「……はい」

しっかりと頷いたけれど、どこか心細そうな子どもたちの様子を見ると、傍にいたほうがよかったのではないかと思う。

それにミラの旅に同行するようになってから、ラウルには、つらい過去を思い起こさせるようなことばかりさせてしまっている。

何もできないかもしれないけれど、傍にいたい。

そう思って、ここまで来てしまった。

ミラは、町の前に立っている。

目の前には、徹底的に破壊されてしまった門がある。

この先に、見たこともないほど無残な光景が広がっているのかもしれない。ミラは覚悟を決めるように、深く深呼吸した。

「……魔物の気配はないな」

ラウルは周囲を警戒しながらそう言うと、瓦礫の山を越えて町の中に侵入した。充分に安全を確認してから、ミラに手を差し伸べる。

「きゃっ」

彼と同じように瓦礫を乗り越えようとしたが、足を取られて転びそうになってしまう。

ラウルは繋いでいた手を引き寄せて、危なげなくミラの身体を支えてくれた。

ありがとう、と言いかけたミラは、変わり果てた町の姿に言葉を失う。

ほとんどの家は破壊され、瓦礫の山になっている。

魔物の力はこれほどまでに強く、圧倒的なのだ。

この町は突然魔物に襲われ、なす術もなく滅ぼされてしまった。

町じゅうに惨劇の跡が残っているかと思うと、足が竦んでしまう。

「無理はするな」

ラウルは気遣ってくれたが、ミラは首を振る。

聖女として、守れなかった町がどうなってしまうか、きちんと見届けなくてはならない。

だがひどかったのは町の入り口だけで、中に進むと瓦礫は片付けられ、公園だったと思われる場所には、いくつもの墓がある。

覚悟していたような無残な光景は、どこにも見られない。

「これは……」

誰かが壊滅した後の町を訪れ、放置されていた遺体を丁寧に葬ってくれたようだ。

「……奥に、人の気配がする」

ラウルは小声でそう言うと、ミラを庇うように前に立つ。

視線を向けると、そこには教会らしき建物があった。

その隣が、エルドたちが暮らしていたという遺児院だろう。

「教会のほうかもしれない」

そっと囁くと、彼は警戒を解かないまま、鋭い視線をそちらに向ける。

沈黙が続いた。

向こうも、こちらをうかがっているのかもしれない。

破壊された町を片付け、町の人たちを埋葬したのが、教会に隠れている者だとしたら、悪い人ではないように思える。

「ラウル、声をかけてみてもいい？」

ひとりで暴走しないと約束した通り、先にラウルに声をかけると、彼はしばらく考えたあと、静かに頷いた。

「俺より前には出るな」

「ええ、わかったわ」

ミラはラウルの背後に隠れたまま、教会の奥に向かって声をかけた。

「あの、私たちは旅の者です。どなたかいらっしゃいませんか？」

ミラの声に答えるように、教会のほうから誰かが姿を現した。

どうやら男性のようだ。

淡い金色の髪に、青い瞳。

佇(たたず)まいも優雅で、貴族階級の人間のようだ。

それなのにラウルもミラも彼をあまり警戒しなかったのは、まだ少年っぽさを残したような、若い男性だったからだ。きっとミラと同じくらいの年齢だろう。

「旅の方が、こんな場所に何の用でしょうか？　見ての通り、ここにはもう何もありません」

彼はそう言うと、悲しげな眼差(まなざ)しで破壊された町を見渡した。

ラウルを見上げ、彼が軽く頷いたので、ミラは詳しい事情を話すことにした。

「実は私たち、この近くの山で五人の子どもを保護しました。この町の遺児院で育った子どもだと聞いて、町の様子を見に来たのです」

「……そうだったのですか」

若い貴族の男性は驚いた様子でそう言うと、振り返って教会のほうを見た。

「実は私も同じようなものです。この近くで町から逃げ延びた子どもたちと会い、ここまで来ました。しばらくは魔物を警戒していたのですが、安全のようなので、町の中に入り、人々の供養をしていたのです」

「他にも生き延びた子どもが？」

「はい。今は教会にいます」

きっとエルドたちも喜ぶだろう。

「その子どもたちは、森の中ですか？　魔物に遭遇する危険があるのでは……」

「結界が張ってあるので、大丈夫です。魔物はもちろん、人間でも近寄れません」

ミラがそう答えると、貴族の青年は、驚いたようにミラを見つめた。

「結界……。もしかしてあなたは、聖女様なのでしょうか？」

「はい。私は、エイタス王国のミラと申します」

名前だけを名乗ると、彼はひどく動揺してミラを見つめた。

「銀髪に紫色の瞳。父から聞いていた通りですね。……申し訳ございません。兄が、あなたにひどいことを……」

「兄？」

ミラは何のことかわからずに、困惑してラウルを見上げた。

ラウルはそんなミラを庇いながら、その青年を見てぽつりと呟く。

「王太子の、異母弟か」

「え？」

たしか、ロイダラス国王には側妃の息子がいるが、正妃の嫌がらせに体調を崩してしまった側妃は、実家に戻って息子を育てていたと聞いた。

優秀な人物らしく、アーサーではなく彼を王太子に推す声が、次第に強くなっているということも。

よく見れば、金色の髪に青い瞳はアーサーと同じ。

けれど彼よりも線が細く、柔和な顔立ちだ。

年齢も、アーサーよりも五歳ほど下かもしれない。

「名乗りもせずに、失礼しました。私はロイダラス王国の第二王子、ジェイダーと申します」

彼はそう言って、丁寧に頭を下げた。

「父の要請でわざわざこの国に来てくださったのに、兄があんなことをしてしまい、本当に申し訳ございません」

ジェイダーは、ミラがエイタス王国から派遣された聖女であることを知っていた。

そして国王である父が病に倒れる前には、父から何度もミラの話を聞いたようだ。

だが国王が意識不明の状態になってしまったあとは、異母兄のアーサーによって、王城に出入りすることさえも禁じられてしまったと、彼は語る。

「それを証明するものは？」

ラウルがそう尋ねると、彼は首に下げていた鎖を服の下から引っ張り出した。その先には指輪があった。

ロイダラス王国の、王家の紋章が入った指輪だ。

この大陸の王家の人間は、紋章入りの指輪を身につけている。

ミラもそうだ。だから、彼は間違いなくアーサーの異母弟で、この国の第二王子なのだろう。

「父が倒れたと聞いて急いで駆けつけたのですが、会えませんでした。そのうち、魔物による被害が拡大してしまい、何とかできないかといろいろと方法を探ったのですが……」

ロイダラス国王が倒れてしまった今、王太子であるアーサーが国王代理となり、このままだと国王となることが確定してしまった。

そんな彼が嫌っている異母弟の味方をしてしまえば、今度は自分たちがアーサーに目をつけられるかもしれない。

そう考えた貴族たちは、次々にジェイダーの傍から離れていった。

「国の大事に、そんなことを言っていられないと思うのですが……」

ジェイダーの母も祖父母も、アーサーの報復を恐れて消極的だった。

そんなときに、町が魔物の襲撃によって壊滅したと聞き、ジェイダーはたまらずにひとりでこの町を訪れた。

第二王子とはいえ、もともと地方で育ったこともあり、それほど苦労はしなかったという。

けれど、そんな彼でも壊滅した町の様子は衝撃的だった。

「そして逃げ延びた子どもたちと出逢い、せめて町を再建することができないかと思って、ここに移動してきました」

ジェイダーはこの町に来た経緯を、そう説明した。

「最後に国を滅ぼすのは魔物ではなく、人間なのかもしれないな」

ジェイダーの言葉を聞いたラウルは、皮肉そうに言った。

聖女によって滅ぼされた国。彼から聞いた話を思い出して、ミラも目を伏せる。

彼の容姿は、失われたリーダイ王国を思わせるものだ。

ジェイダーも、すぐにそれに気がついたようだ。

「あなたの国も、ですか？」

「ああ。きっかけになったことはたしかだ」

ミラも、アーサーに追い出されてから、たくさんの人の悪意に触れてきた。

それでも人を救えるのもまた、人なのだ。

悪意と同じくらい、善意に助けられてきた。

彼らの助けなしでは、ここまで辿り着くことはできなかったと思っている。

人を滅ぼすのも人ならば、助けてくれるのもまた、人である。

せめて、そう信じたい。

「子どもたちを、ここに連れてきてもいいかしら？」

空気を変えるように明るく、ミラはそう言った。

「きっと、同じ遺児院で育った子どもたちだと思うの。仲間が無事だと知れば、きっと安心するわ」

「……そうですね。お願いします」

ジェイダーが頷いたので、ミラとラウルは森に引き返すことにした。
二、三日留守にするつもりだったのに、町にはすでに復興を目指して住んでいる者がいた。
しかも、あのアーサーの異母弟だったとは。

魔物の被害を聞いて、たったひとりで飛び出してきた彼と、聖女であるミラを冤罪で追放し、自身は王城の奥で動こうとしないアーサー。

ロイダラス国王が、アーサーを王太子に指名したあとも、周囲のジェイダーを推す声に迷っていたという話は、本当なのかもしれないと思う。

ミラがエイタス王国の王妹であることをアーサーにだけ話さなかったのも、彼がエイタス王国の後ろ盾を得たと勘違いして、好き勝手に振る舞うことを危惧したのかもしれない。

真の後継者を、どちらにするのか。

その決定をする前にロイダラス国王は病に倒れてしまった。

もし国王が今も健在なら、この国の様子は、まったく違うものになっていただろう。

だが今となっては、すべては想像でしかない。

「これからどうしよう？」

すっかり歩き慣れた森の道を辿りながら、ミラはラウルに尋ねる。

町を復興の拠点にするつもりだったが、そこにはもうジェイダーがいる。

兄と合流できるまで、女性や子ども、病人や老人が安全に暮らせる場所を作るつもりだった。ジェイダーならばきっと、その考えに賛同して協力してくれるのではないかと思う。

「彼が王太子と繋がっていたら危険だが、それはないだろう。俺たちはいずれ、この国を去る。ジェイダーのような者が中心となったほうが、何かといいだろう」

「そうね。私たちが、彼に協力させてもらうことにしましょう」

そう結論を出して、道を急ぐ。

ミラの張った結界の中で、子どもたちが待っているはずだ。

予想よりもずっと早く戻った二人に、子どもたちは驚いたようだが、生き残った仲間がいると聞いて、目を輝かせた。

「町の様子は、以前とまったく違っている。つらい思いをするかもしれない。それでも戻りたいか？」

そう尋ねたラウルに、子どもたちは迷いながらも、こくりと頷く。

「みんながいるなら、戻りたい。一緒なら、きっと大丈夫だから」

「……そうか」

そう答えたエルドの頭を、ラウルは優しく撫(な)でる。

「ならば、すぐに向かおう。きっと、向こうでも心待ちにしているはずだ」

嬉しそうに返事をした子どもたちは、自然とラウルの傍に集まる。

最初に彼らを守るために魔物に立ち向かったのは、彼だ。

きっと子どもたちも、そんなラウルを信頼しているのだろう。

子どもたちに取り囲まれながら歩く彼の後ろ姿を見つめて、ミラも微笑んだ。

そして、その輪の中に駆けていく。

自分もまた、彼に助けられて懐いたひとりなのかもしれない。


瓦礫の山になってしまった町を見て、さすがに子どもたちは絶句したようだ。

それでも、町の中から遺児院の仲間が走り寄ってきたのを見て、声を上げて駆け寄る。

しっかりと抱き合う子どもたちの向こう側には、優しい顔をしたジェイダーがいた。

遺児院は半壊してしまったようだが、教会は何とか建物は残っていたようだ。ジェイダーは今までここで、子どもたちと暮らしていたらしい。

ミラとラウルはジェイダーに連れられて、教会の内部に足を踏み入れる。

今後のことを話し合うためだ。

「あの子たちは今まで通り、私が面倒を見ようと思います」

ジェイダーは、ミラたちが連れてきた子どもたちも引き取ってくれると言った。

これで、遺児院で暮らしてきた子どもたちは、一緒にここで暮らせるようになる。

それからミラとラウルは、二人で話し合っていた通りに、ジェイダーの活動に協力したいと申し出た。

「ですが、兄があれほどご迷惑をおかけしてしまった御方に、協力をお願いしてもよろしいのでしょうか？」

ミラは、アーサーによって追放された聖女。

しかも、エイタス王国の王妹だ。

戸惑うジェイダーに、ラウルはむしろミラの力が本物だと示す良い機会だと告げる。

「王太子に追放されたミラが本物の聖女だと知れ渡れば、あの男がどんなに理不尽な行為をしたのか、国中に広まるだろう」

そして、その聖女の協力を得て、魔物の被害にあった人々を保護しているのが、王太子の異母弟である。

自分たちの利害を優先させる貴族はともかく、国民たちは、どちらがロイダラス王国の次期国王にふさわしいのかを、はっきりと理解するだろう。

問題は、ジェイダーに異母兄を退けてまで王位に就く覚悟があるかどうか。

まだ十代の彼にそれを求めるのは酷かもしれないが、彼が立たなければ、この国は滅びるだけだ。

「その覚悟はあるのか？」

ラウルがそう尋ねると、ジェイダーはすぐに答えることなく、俯いた。

「……」

王位の重さを知っているからこそ、即答することができないのだろう。

だが、しばらく沈黙した後、ジェイダーは覚悟を決めたように、きっぱりと告げる。

「私にできるかどうかわかりませんが、やらなければならない。それが、王家に生まれた私の義務だと思っています」

アーサーでは、この国を滅ぼすだけだ。

それを彼は理解しているようだ。

「……義務、か」

その答えを聞いたラウルは、そう呟くと一瞬だけ、目を閉じた。

(ラウル？)

そのどこか悲しげな表情が、ミラを不安にさせる。

考えてみれば、ミラはラウルのことを何も知らない。

知っているのは、リーダイ王国の出身であることと、国が滅びた経緯だけだ。

いつか、話してくれる日が来るだろうか。ふと、そんなことを思う。

「問題は、エイタス国王の手を借りられるかどうかだな」

先ほどの悲しげな様子は一瞬で消え失せ、ラウルは思案するようにそう言った。

複数の聖女と大陸一の軍事力を持つエイタス王国の手を借りることができれば、今の状況でも充分、逆転できるとラウルは考えているようだ。

「今の王太子に手を貸すつもりはまったくないだろうが、彼ならどうだろう」

「……そうね」

そう尋ねられて、ミラは考えてみる。

アーサーとは違い、なるべく多くの人を救おうと懸命に頑張っているジェイダーを、きっと兄は助けてくれると思う。

兄もまた、自分の力を限界まで使って、国を守ろうとしているひとりだから。

そしてラウルの言うように、兄の助けを得ることができれば、ジェイダーが王位を狙うことは充分に可能である。

「お兄様はきっと手を貸してくれるわ。再会できたら、私からも頼んでみる」

「……ありがとうございます」

ミラの言葉に、ジェイダーは安堵したようにそう言った。

「兄があなたにしてしまったことを考えれば、ロイダラス王国はエイタス王国に攻め込まれても仕方がないくらいです。それなのに、ご助力いただけることに、心から感謝します」

「いいの。悪いのは、アーサー様だけだわ」

追放された当初とは違い、ミラも今では心からそう思っている。

そしてたったひとりで戦おうとしている彼のために、ミラもできるだけ手助けをしようと決意した。


それから二人は教会の内部を片付けて、居場所を確保することにした。

神父の部屋は、もともとジェイダーが使っていた。

シスターが暮らしていたらしい部屋には、ミラが。ラウルは、見張りのためにも教会の隣にあった作業小屋で過ごすことにしたようだ。

これからは、食料の確保も大切になってくる。

魔物の被害が大きくなるにつれて流通が滞り、入手が難しくなる可能性も高いからだ。

ジェイダーは教会の隣の広場に畑を作り、そこで作物を育てようとしているようだ。

毎日の水やりは、子どもたちの大切な仕事になるだろう。

ミラの仕事はこの町に結界を張って、魔物から守ること。

瓦礫の片付けや建物の修繕などは、今まで通りに子どもたちとジェイダーの仕事だ。

ふたりと違って自由に動けるラウルは、町の外に出て情報収集をしたり、外部での食料確保も担ってくれる。

そして今回の子どもたちのように、魔物に襲われて居場所がなくなっている立場の弱い者がいたら、ラウルが町に連れ帰ることもあるだろう。

こうして、ミラの新しい生活が始まった。

まず初日にしたことは、町全体に結界を張って、魔物から守ることだ。

目を閉じて、町全体を魔力で包むようにして結界を張る。

ラウルの傷を癒したあの日から、呪文を唱えずとも祈るだけで魔法が使えるようになっていた。

心なしか、威力も増しているように感じる。

聖なる魔力が空気まで浄化して、埃っぽく澱んでいた町に清浄な気配が広がった。

「……これが聖女の」

そう言ったジェイダーの声が震えていた。

ミラを見つめる視線にも、熱がこもる。

聖女のいない国で生まれ育った彼は、その力を見たのも初めてだったのだろう。

憧れるような視線を向けられて、何だか気恥ずかしくなる。

「すみません。聖女は昔から、私の憧れだったのです」

頬を染めて俯いたジェイダーからは、年相応の幼さが垣間見えた。

「兄上はなぜ、こんなにも素晴らしい力を持つミラ様に、あのような仕打ちをしてしまったのでしょうか」

「わからないわ。ただ彼は、私が他国の人間であることが気に入らなかったようね。この国に聖女の力を持つ女性がいると聞いた途端、態度を急変させたのだから」

聖女のいない国。

聖女を虐げて、加護を失った国。

このロイダラス王国が、そう言われてきたのはたしかだ。

「でも兄上のしたことは、この国をさらに追い詰めた。私はこの国に生きる、あの子たちのような子どものためにも、兄上を倒さなければなりません」

責任感と、強い決意を感じる言葉だった。

「ミラ様」

ジェイダーは熱っぽくその名を呼ぶと、ミラの前に跪く。

「あなたに、あれほどのことをしてしまったこの国を、許してくださってありがとうございます。しかも、そのアーサーの弟である私に手を貸してくださった。心から、感謝しています」

「そ、そんなこと」

ミラは慌ててジェイダーの手を取って、立たせる。

「私も、偽聖女だと言われて追われた直後は、この国を恨んだこともあったわ。二度とこの国のために力は使わない。滅びても仕方がないって思ったこともあったの」

それだけ、アーサーの裏切りは許せないものだった。今でも、彼だけは許す気にはなれない。

「でもここに辿り着くまで、助けてくれた人もいたの」

ラウルに出逢わなければ、ミラはアーサーを、この国を恨んだままエイタス王国に帰っていたのかもしれない。

「だから私も、こうしてこの国の人を助けるために、力を使うことができたわ」

「……それでも、この国の窮地を救ってくれたあなたのことを、忘れることはないでしょう」

感謝と尊敬の眼差しを向けられて、ミラは戸惑いながらも、それに応えるように微笑んだ。

ジェイダーは少し、聖女に対する憧れが強すぎるようだ。

ミラは彼と別れて町の中へ向かうと、深く息を吐く。

もちろん、聖女を尊重してくれることは嬉しい。

聖女の力を使ったことに、感謝を示してくれるのも、嬉しいことだ。

でも彼の前では常に「聖女」の顔をしなければと思うと、少し緊張してしまうのも事実。

今までの逃亡生活で、すっかり聖女としての顔を忘れてしまっていたから、猶更(なおさら)だ。

(エイタス王国にいた頃は、お母様もお姉様も聖女だったから、そんなに気を張らなくてもよかったのよね)

「聖女」としてふさわしい振る舞いをするようになったのは、この国に来てからだ。

けれど強いられた逃亡生活で、すっかりその仮面も外れてしまったようだ。

でも同世代のジェイダーは、兄に代わって国を背負うために、覚悟を決めて頑張っている。

ならばミラも聖女として、できる限り彼を手助けしたい。

そう決意を固めながら町の中を歩いていたミラは、ふと人の気配を感じて立ち止まった。

視線を向ければ、瓦礫の山の中にラウルの姿があった。

（ラウル？）

彼は、建物の残骸を片付けていた。

瓦礫の片付けや建物の修繕はジェイダーがやっていたが、崩れ落ちそうな危険な箇所や、運ぶのに苦労しそうな重い瓦礫などは、こうしてラウルが率先して行っていることを、ミラは知っていた。

（本当に、優しい人……）

彼のこんな姿を見るたびに、ミラの心も浄化魔法をかけられたようになる。まだまだ頑張れるような気がするのだ。

（うん、頑張ろう）

ミラは頷いて、町に張り巡らせた結界を確認するために、町の中を歩き回った。

町はそれほど大きいものではなく、町全体に結界を張ったとしても、そうミラの負担になるものではなかった。

以前は王都全体に結界を張り巡らせていたことを考えると、楽なものだ。

ジェイダーと子どもたちは、町の広場を耕して畑を作っている様子だった。

「私も手伝うわ」

ミラは銀色の髪を動きやすいようにまとめると、そう言って子どもたちの中に交じった。

広場だった地面は硬く踏み固められているので、掘り返すのも一苦労だ。

この国の王族であるジェイダーも、エイタス王国の王妹ミラも、こんな作業は初めてで、子どもたちに教えてもらうような有様だった。

子どもたちの小さな手ではなかなか作業が進まず、この日は地面を浅く掘り返しただけで終わってしまった。

時はそろそろ夕刻。鮮やかな夕陽が、瓦礫を照らしていた。

たくさん動いたせいで、子どもたちはお腹がすいたようだ。

食事の支度も、当然のことながら自分たちでしなければならない。

畑仕事同様、今までやったことはなかったが、ここで暮らすと決めた以上、できないなどと言っていられない。

ラウルやジェイダーと協力し合いながら、頑張るしかないと覚悟を決める。

だが教会に戻った途端、いい香りが漂ってきた。

「あれ？」

見ると、教会に残っていた数人の女の子が、みんなで協力して食事の配膳をしているようだ。

焼きたてのパンの良い香りに、食欲を刺激される。

「これは……」

少し遅れて来たジェイダーも、驚いて目を見開いている。

「おかえりなさい。ご飯できてるよ」

にこりと笑ってそう言った女の子に、ジェイダーは、危ないから子どもだけで火を使ってはいけないと諭している。

遺児院の子どもたちは、働くことに慣れている。

でも、さすがに危ないことはさせられない。

ジェイダーは、瓦礫の山に子どもたちだけで近づいてはいけない。そして、子どもたちだけで火を使ってはいけないと教えていたようだ。

「大丈夫だよ。作ったのはわたしじゃないから。ラウルお兄ちゃんが作ってくれたの」

「え、ラウル？」

驚いて調理場を覗（のぞ）くと、ミラたちよりも先に戻っていたらしいラウルが、数人の女の子と食事の支度をしていた。

たしかに今までも、野営をしたときはラウルが食事を用意してくれていた。

でも、こんなにちゃんとした料理が出てくるとは思わなかった。

温かいスープに、焼きたてのパン。森で採ってきたらしい果実もあった。

女の子たちは、これから少しずつ料理を習うのだと嬉しそうに話していた。

ミラもジェイダーも自分で料理をしたことがなかったので、子どもたちに教えることができるのはラウルだけだ。

「ラウル、私にも教えてくれる？」

ミラの懇願に、ラウルは首を傾げる。

「必要ないだろう？　ずっとここに住むわけでもない。お前はいずれ、エイタス王国に帰るのだから」

国に帰れば、ミラは王妹だ。

たしかにラウルの言うように、自分で食事を用意する必要などない。

「でもここにいる間は、私はただのミラだわ。みんなと一緒に、協力し合っていきたいの」

「……わかった」

ミラの懇願に、ラウルは頷いてくれた。

ラウルだって必要に駆られて覚えただけで、人に教えるのは面倒だろうに、快く承諾してくれた。

ここはしっかりと覚えて、結界を張ること以外、固定した仕事がない自分の役目にしてしまいたいところだ。

料理ができるようになれば、ラウルと旅を再開したときも、きっと役に立つだろう。

「一緒に頑張ろうね」

女の子たちにそう言うと、彼女たちは嬉しそうに頷いてくれた。

料理は思っていたよりもずっと楽しくて、ミラはすぐに夢中になった。

最初は教わった通りの材料が揃わなかったら作れなかったのに、少しずつアレンジができるようになっていった。

食事は基本なので、誰でも作れるようにしたほうがいい。

そう言って、最初はジェイダーも一緒に習っていたのだが、彼のほうはあまり向いていなかったらしく、貴重な食材を無駄にするだけだと、ラウルに参加を禁止されてしまった。

たしかにミラから見ても、彼はあまり器用ではなさそうだ。

しばらくは落ち込んでいたが、そのうち畑を立派に作ってみせると、男の子たちを連れて熱心に広場を耕しているようだ。

そこで作物が収穫できるようになるのはまだまだ先だろうが、ミラたちと違って彼がこの町で過ごす時間は、きっと長くなる。

そのうち立派な畑ができるだろうと、期待していた。

「うん、上手に焼けたわね」

この日もミラは、三人の女の子たちと一緒にパンを焼いていた。

小麦粉などは、廃墟(はいきょ)となってしまった店から分けてもらった。

町はこんな状況だし、支払うべき相手はもういないが、それでもミラは、何を持ち出したのかすべて書いておくことにした。

いつかその店の関係者に会うことがあったら、きちんと支払うつもりだが、こんな状況ではきっと難しい。

でもこうしないと、子どもたちのためだとわかっていても、罪悪感が勝って店に残されたものを使うことができなかった。

畑作りはまだ苦戦しているようだが、ラウルが近くの森まで行って、いろいろなものを採取してきてくれる。

今日は少し遠出するらしく、夜遅くまで帰らないと言っていた。森には魔物も出るらしいが、ラウルなら大丈夫だろう。

そう信じていたが、夜明け近くに戻ってきたラウルは、複数の怪我人を連れてきた。

どうやら森の中で魔物に襲われていた人に遭遇して、助けたらしい。

自分の部屋で休んでいたミラは手早く着替え、銀色の髪を動きやすいようにまとめて、礼拝堂に駆けつけた。

怪我人は、老夫婦と孫娘らしき子どもの三人だった。

三人ともひどい怪我で、ラウルもここまで連れてくるのにかなり苦労したようだ。

「もう大丈夫。すぐに治してあげるからね」

そう言って、祈るように両手を組み合わせる。

祈りが聖女の魔力を強めると知ってから、こうして魔法を使うことが多くなった。

淡い銀色の光がミラの身体を包み込み、老夫婦の傷がみるみる消えていく。

そして負った傷のせいか、高熱が出て喘(あえ)いでいた小さな女の子の顔から、苦痛の色が消えた。

慌てて駆けつけたジェイダーは、その奇跡のような光景を目の当たりにして、言葉もなく立ち尽くしていた。

「ああ、ありがとうございます、聖女様」

「この子を助けてくださって、本当にありがとうございました」

老夫婦が涙ながらに感謝をしてくれて、ミラも聖女にふさわしい慈愛に満ちた笑顔で微笑んだ。

「怪我は治っても、体力はまだ回復していません。今夜はゆっくりと休んでください。明日の朝、また怪我の回復具合を見ますから」

ジェイダーと子どもたちが、老夫婦と孫娘を空いている部屋に連れていってくれた。

それを見送ってから、ミラは教会の入り口で見守っていたラウルのもとに駆け寄る。

「ラウルは、怪我をしていない？」

三人があれほど重傷だったのだ。彼らを守ったラウルも、無傷ではないだろう。

だが、彼はあっさりと言う。

「これくらいは掠(かす)り傷だ。気にするな」

「駄目よ、ちゃんと治療しないと！」

ミラは、そのまま教会の敷地内にある小屋に戻ろうとしているラウルの腕を、思いきり引っ張る。

「魔物から受けた傷を、甘く見ては駄目。どんな小さな傷でも、ちゃんと癒さないと」

ラウルとミラの体格差では、彼を強引に連れ出すことは難しい。

それでも必死になって腕を引っ張っていると、ラウルは呆れたように笑って、ミラの頭を優しくぽんと叩いた。

「わかったから、そんなに引っ張るな。まったく、これが先ほどの聖女と同じ人だとは思えないな」

「だって、今さらラウルに取り繕う必要はないもの」

彼の前では聖女ではなく、素のミラでいられるようになっていた。

ようやく軽くなった腕を引っ張って、治癒魔法をかける。

消費した魔力から考えると、ラウルの怪我はそんなに軽いものではなかったようだ。

「もう無理はしないで。痛みは残っていない？」

「ああ、大丈夫だ。相変わらず、すごい威力だな」

「すぐに治せるからって、無茶は駄目よ？」

「わかっている。お前も魔力の使いすぎには注意しろ。おそらく、これからはもっと、こういうことが増えていく」

町の外に出ているラウルには、状況が悪化しているのがわかるのだろう。

第七章

追憶

ラウルの危惧は、現実のものになってしまった。

あれから一日おきに、怪我人(けがにん)や病人が運び込まれる状況になっている。

その結果、住民は増え、住む場所を確保するのも一苦労だった。

どうやらここことは違う町が魔物によって襲われ、ほぼ壊滅したらしい。

助けた者からそれを聞いたラウルは、その町の調査に向かうと決めたようだ。

ミラも同行したかったが、あまりにも怪我人が多くて、彼らを置いていくことはできなかった。

ラウルは出発する前に、ミラにこう言った。

「お前が魔力で回復させるのは、重傷者だけにしておけ。あとは、住民たちで手分けをして手当てや看病をしたほうがいい」

たしかに住民が増えた分、仕事を頼める人も増えてきた。

もう子どもたちには力仕事をさせていないし、残念ながらミラも食事の支度をする時間がなく、他の女性たちに任せている。

それに、魔力の限界を感じたことはまだ一度もないが、体力の限界で倒れたことが二度もある。

今、ここでミラが倒れるわけにはいかないと、ラウルの助言に従って、体調の良い者には手伝ってもらうことにした。

ジェイダーとも、なかなか顔を合わせる機会がない。

彼はこの町のリーダーとして、新たな住人たちと話し合いを続けているようだ。

もう、子どもたちの面倒だけを見ていればよかったときとは違う。

彼はこの町の指導者として、様々な問題と向き合わなくてはならない。

まだ年若い彼には過酷だと思うが、ジェイダーが目指しているのは町のリーダーではなく、この国の王だ。

これくらいの状況を収められないようでは、この先を乗り越えることはできないだろう。

忙しくはあるが、今のところすべてが順調に進んでいた。

人手が増えたことで、町も少しずつ元の姿を取り戻している。

詳しい人からアドバイスを受けて、畑も無事に軌道に乗ったようだ。

ただ、魔物の出没があまりにも増えすぎていることが心配だった。

この国全体がそうなのか、それとも王都から遠く離れたこの地だけなのか。

情報が不足している。

ラウルも外に出たときに情報収集をしてくれているようだが、それでもわかるのはこの周辺のことだけだ。

情報が回らないのは、魔物が増えてしまい、旅人や商人がいなくなったせいだろう。

ミラは偽聖女として追われているはずだが、ラウルと出逢（であ）ったとき以降、まったく追っ手らしい者を見ていないことも気にかかる。

ラウルはそのうち王都まで行ってみると言っていた。

でも、どうなっているかわからない場所に彼を向かわせるのが不安で、ミラは頷（うなず）くことができなかった。

そんなある日のことだった。

ミラは、壊滅した町の様子を見に行ったラウルが戻ったと聞き、出迎えるために町の入り口に向かっていた。

おそらく、怪我人も連れてきたはずだ。

ラウルが連れてきた人たちの中には、安全な場所に辿(たど)り着いた途端、安心からか倒れ込んでしまう者も多い。

中には昏睡(こんすい)状態になってしまう人もいたから、注意が必要だった。

(ラウルも、無事かしら)

そわそわと落ち着きなく待っていると、やがて複数の人影が見えてきた。

それほど大人数ではなさそうだ。歩き方もしっかりとしていて、癒(いや)しの魔法を使わなくてはならないほどの重傷者がいるようにも見えない。

よかったと思う反面、壊滅した町には、生き残りがほとんどいなかったということでもある。ミラは、複雑な思いで戻ってきたラウルを迎えた。

避難民の中には、ミラたちが何よりも欲しかった王都の情報を知っている者がいた。

「今の王都には、以前のように結界が張ってあって、魔物の襲撃を防いでくれていました」

疲れ果てた様子の女性を気遣いながら、ゆっくりと彼女の話を聞く。

まだ若い女性だが、彼女は王城で下働きをしていたらしい。

「……結界」

新しい聖女マリーレが、ついに力に目覚めたのだろうか。

だが新しい聖女が魔法を使えば、ミラにはわかるはずだ。

それをまったく感じなかったことに、不安が募る。

(それは、本当に聖女の魔法なの?)

今までその力で、王都が守られていたのは間違いないようだ。

だから魔物の襲撃によって追われたり、生まれた町を捨てたりして、王都に避難している者が続出しているという。

王都には人が溢れ、路上で暮らす人なども出てきたようだ。

だが、これ以上人が増えると王都を守れなくなる。アーサーはそう言って、騎士団を使って路上で暮らす人々を王都の外に追い出しているらしい。

あまりにも非道なアーサーの行いに、ミラは言葉をなくした。

最近は王都の周辺にも、魔物は出没しているようだ。

そんな場所に放り出されてしまったらどうなってしまうのか、アーサーにだってわかっているはずだ。

王都を守るためだと言っているようだが、内部にどれだけ人がいようと、結界の威力は変わらない。

王都を覆い尽くせるほどの結界が張れる者ならば、たとえ王都の人口が二倍になったとしても、問題なく結界を維持できるはずだ。

本当に王都を守れないのか、それともあえてできないと言っているのかはわからない。

でもそんなことを続けていれば、間違いなく国民の反感を買うだろう。王都はともかく、地方や王都周辺の町では、これから反王勢力が育っていくと思われる。

そんな人たちを、どれだけジェイダーが救えるか。

この国の今後は、それによって決まるのかもしれない。

これからどうするべきか、ミラは考え込む。

侍女は無事にエイタス王国に辿り着き、兄にミラが無事であると伝えてくれたのだろうか。

本当なら、一刻も早く国に帰るべきだろう。

だがこの町にいるのは、怪我人や子どもなど、自分の身も自分で守れないような人たちばかり。

ミラの結界がなくなれば、またすぐに壊滅してしまうかもしれない。

それにミラは今、エイタス王国の王妹を名乗っている。ここでミラが立ち去ったら、エイタス王国がジェイダーを見捨てたのだと思われてしまうかもしれない。

そうなったら、今後の彼の活動に大きな影響が出てしまう。

もう少し組織としてしっかりと成長するまでは、ここを動くことはできない。

それにこれまで山で野営をしながら逃亡生活を送ってきたことを考えると、町に留まり、ひとりになれる部屋もある今の状況はとても恵まれている。

兄にも、この国に残っているのは自分の意志であると、きちんと伝えなくてはならない。

あとはラウルとも話し合いをして、これからも協力してくれるように頼むだけだ。

でもその機会は、なかなか訪れなかった。

ミラの傍には常に誰かがいてくれたし、ラウルも忙しく動き回っているようだ。

顔を合わせることは何度もあるが、ゆっくりと話をすることができない。

何も言わなくても、ラウルは今まで通り協力してくれているのだから、必要のないことかもしれない。


でもミラは、彼ときちんと話しておきたかった。

できれば、二人きりで話したい。

(どうしようかな……)

今日はたしか、ラウルが夜の見張りをしているはずだ。ミラは皆が寝静まったことを確認すると、そっと教会を抜け出した。


明かりはないが、月が明るい夜だった。

瓦礫の山はほとんどなくなり、建物の修繕が進んでいる。

これからも、少しずつ町は元の姿を取り戻していくのだろう。

ゆっくりと歩いていくと、やがて町の入り口が見えてきた。

今はミラの結界で守られているこの町の門は、いつでも開かれている。

見張りも、敵の侵入を警戒しているのではなく、この町を頼って辿り着いた者をすぐに保護できるようにするためだ。

門のすぐ近くに、見張り小屋がある。

今日は、ラウルしかいないはずだ。

ミラは一度立ち止まり、深呼吸をしてから、そっと扉を叩いた。彼と二人きりで会うのはずいぶんと久しぶりになってしまったせいで、やけに緊張している。

「……ラウル？」

だが、いくら待っても返事はない。

不審に思って扉を開くと、中は無人だった。

見張りをさぼるような人ではないから、周辺の見回りに行ったのかもしれない。

タイミングが悪かったと思わず溜息が出るが、今日を逃したらまた数日待つことになる。ミラはラウルが戻ってくるまで待つことにして、見張り小屋に備え付けられている簡易椅子に腰を下ろした。

ただの見回りなら、すぐに戻るだろう。

それでも、そんなに長く部屋を開けることはできない。

もしミラがいないことに気がついてしまったら、騒ぎになってしまうだろう。

今まではこれが普通の生活だったのに、少し窮屈に感じてしまっている自分に気がついて、ミラは自嘲気味に笑う。

いつのまに、こんなにわがままになってしまったのだろう。

自分が籠の中の鳥だったとは思わない。

兄も姉もミラの意思を尊重してくれたし、できる限り気持ちに寄り添ってくれた。

それでも本当の自由を知ってしまうと、それさえも窮屈だと感じてしまう。

ラウルと旅をしていたときは、本当に楽しかった。

彼はミラを王女としても、聖女としても見ていない。普通の人間として扱ってくれる。料理を教えてもらったり、ふたりで建物を修繕したりするのが、とても楽しかった。

ずっとこんなふうに暮らせたらと、何度も思った。

でもそんなことを望んではいけない。

わがままだとわかっている。

いくら第三王女とはいえ、王族の一員である。好きなことを自由にできる立場ではない。

エイタス王国に帰れば、王女としての責任を果たさなくてはならないのだから。

(だからせめて、もう少しだけ……)

軋んだ音がして、扉が開かれた。

「ラウル?」

振り返ると、待ち望んでいた人の姿があった。

彼はミラの姿を見て驚いたようだ。

「こんな時間に何を……」

「ラウルを待っていたの。お話がしたくて」

「そうか」

ラウルは何か言いたそうにミラの顔を見ていたが、短くそう頷いただけで、それ以上何も言わなかった。

きっと夜中にひとりで出歩いていたことを、咎めようとしたのかもしれない。

それでもミラがあまりにも思い詰めた顔をしていたから、何も言わずに受け入れてくれたのだろう。

「外に出よう。今夜は、月が明るい」

「ええ」

ラウルの提案に従って、ミラは見張り小屋から出た。

そのまま近くにある、広場だった場所に向かう。そこには成長した野菜が葉を茂らせていた。

みんなで作り上げた畑だ。

「最初はどうなることかと思ったが、何とか形になってきたな」

それを見て、ラウルがそう呟く。

ミラも必死に畑を耕したことを思い出して、くすくすと笑った。

「そうね。ちゃんと成長しているみたいだし、収穫が楽しみだわ」

子どもたちも、毎日楽しみにしているようだ。自分たちで作った野菜の味は、きっと格別だろう。

「それで、俺に話とは？」

畑を眺めたあと、その前にある大きな木の下に並んで座る。

月明かりに照らされた町の様子を眺めていると、ラウルがそう尋ねてきた。

「うん。まず、あらためてお礼を言わせて。あなたに助けてもらわなかったら、ここまで逃げきることはできなかったわ。本当にありがとう」

「礼など不要だと言っただろう。それに、俺ひとりではできないこともあった。お前の力があったからだ」

「……ありがとう。ラウルにそう言ってもらえると、すごく嬉しい」

ミラは微笑み、空を見上げる。

「すぐに国に帰ったほうがいいと思ったけれど、私にはまだ、ここでやるべきことがあると思う。せめて彼らがもう少し力をつけるまでは、ここに留まりたい」

ミラは、エイタス王国の王妹を名乗って支援した以上、簡単に放り出すことはできない、もう少しジェイダーの活動が軌道に乗るまで、この町で支援を続けたいのだと説明した。

ラウルはミラが話し終えるまで、静かに聞いてくれた。

「エイタス王国のほうは、大丈夫なのか？」

「先に向かった侍女がこの国の状況を説明してくれていると思う。それだけではなくて、私からもすぐに連絡を入れるわ。これ以上、お兄様やお姉様に心配をかけるわけにはいかないもの」

きちんとエイタス王国に無事を知らせるのなら、ラウルもミラがここに残ることに反対しないようだ。

そのことに安堵しながらも、ここからが本番だと、ミラは緊張しながらもずっと考えていた言葉を告げる。

「依頼の内容とは違ってしまうけれど、これからも、協力してくれる？」

「ああ。俺も、ここまで深く関わったからには、途中で離脱するつもりはない。お前が国に帰るまで、傍にいるさ」

「ありがとう、ラウル。あなたが一緒なら、とても心強いわ」

その答えに安堵して、ミラは微笑んだ。

「それに報酬なら、もう貰ったようなものだ」

「え？」

ミラはまだ、彼には何も返せていない。

不思議そうなミラに、ラウルは穏やかな笑みを浮かべた。

「お前と一緒に旅をすることができて、多くのものを得た。忘れていたものを、思い出させてくれた。それは、金銭ではけっして得られない貴重なものだ」

「……ラウル。私は何もしていないわ」

「いや、俺に、正しい聖女の姿を教えてくれた。何の見返りも求めずに、人を救う尊さを教えてくれた。そして、王族としての在り方を教えてくれた。すべて、俺が知らなかったこと、そして忘れてしまっていたことだ」

ラウルはそう言うと、首に下げていた鎖を引っ張り出した。

その先端には、銀細工の指輪がある。

彼はそれを、ミラに見えるように高く掲げた。

「！」

何気なく視線を向けたミラは、その指輪にある紋章が刻まれていることに気がつく。

「……これは」

ラウルの失われた祖国。

リーダイ王国の、王家の紋章だった。

「俺は、リーダイ王国の王家の、最後の生き残りだ」

「……王家の」

ラウルがこれほどリーダイ王国人の特徴を色濃く受け継いでいるのは、王家の人間だったからだ。

ジェイダーが、この国を守ることが王家に生まれた自分の義務だと言ったとき、ラウルが悲しげな様子だったことを思い出す。

あのとき彼は、自らの過去とジェイダーの決意を重ねて見ていたのかもしれない。

「俺は、何もできなかった。国を守ることも、人々を助けることもできずに、ただ逃げ延びただけだ」

ラウルはそう言うが、十年前といえば、彼だって今のミラやジェイダーよりも年下の、まだ幼い子どもでしかなかっただろう。

しかも今のロイダラス王国よりも魔物の襲撃は頻繁で、壊滅した町も多かったに違いない。

そんな状況で、まだ幼い彼がひとりで生き延びただけでも奇跡的なことではないかと、ミラは思う。

けれどラウルは、必死にこの国を建て直そうとしているジェイダーを見て、自分の過去を悔いているのか。

「今から十二年ほど前、エイタス国王がリーダイ王国に魔物の討伐に来てくれたことがあった」

ラウルは、静かにそう語りだした。

以前、エイタス王国の王女としてリーダイ王国を訪れたミラを、見たと言っていた。

そのときの話だろう。

「俺はまだ七歳だったが、旅の最中に、そのときのことを少しずつ思い出していた。エイタス国王は、末娘が可愛（かわい）くて仕方がない様子だった。そんなに大切な娘を、なぜ魔物の討伐に連れていくのか疑問に思って、それを聞いたことがある」

　ミラがまだ幼くて覚えていられなかったことを、ラウルははっきりと覚えていたようだ。

「父は、何と？」

「ミラは、特別な聖女だと言った。だから他の二人と同じように、神殿にこもりきりで過ごすわけにはいかないと」

「……特別」

　ラウルが嘘を言うはずがないから、父がそう言ったのはおそらく事実。

　でもミラは母から常に、自分が特別な存在だと思い上がってはいけないと言い聞かされてきた。聖女は、聖魔法が使えるだけの魔導師でしかない。

　父のことはとても好きだったが、この件に関しては、母のほうが正しいのではないかと思う。

「私は特別なんかじゃないわ。母や姉たちと同じ、普通の聖女よ」

　それでも少し気にかかるのは、ミラの聖魔法の特異性のことだ。

　聖女にはそれぞれ得意な魔法がある。母は結界が得意で、二人の姉は癒しの魔法に優れていた。それ以外の魔法も一応使えるものの、威力はそれほどではない。

　だがミラは、すべての魔法を同じような威力で使うことができる。

　母は、たまたま得意なものが全方向に出てしまっただけで、それぞれの威力は少し劣っているが、気にすることはないと慰めてくれた。

「私は母や姉たちのように、聖女の力にはあまり詳しくないの。ただ自分の感覚で使っているだけだから……」

「そうか」

戸惑うミラに、ラウルは優しい声で言った。

「変なことを言ってしまったな。気にするな。俺が踏み込んでいい問題ではなかった」

ただ、懐かしく思い出しただけだ。

そう言われて、ミラは慌てて首を振る。

「ううん。お父様の話を聞かせてもらって嬉しかった。それに、今まで自分の力に関して無関心すぎたかもしれないと、反省したわ。自分の力をきちんと理解すれば、もっとできることがあるかもしれない」

もしこの力で大切な人たちを守ることができるのなら、特別でも何でもいい。そう結論を出して、ミラは笑みを向けた。

「考えるきっかけを与えてくれて、ありがとう。これからも頑張るから、よろしくね」

「ああ、そうだな」

彼も笑顔を向けてくれたあとに、ふと思いついたように言った。

「ミラがこの町から離れるとき、俺もこの国を出る。今、リーダイ王国がどうなっているのか、この目で確かめるつもりだ」

ミラは驚きのあまり声も出ずに、ラウルの横顔を見つめていた。

「どうして？　もう十年も前のことなのに」

「そうだな。今さらどうにかできるとは、俺も思っていない。ただ、今あの国だった場所がどうなっているのか、俺には見届ける義務がある」

「でも……」

彼の決意は固い。

きっとミラが何を言っても、考えを変えることはないだろう。

それがわかっているから、言葉を重ねることができずに、口を閉ざした。

「まぁ、今はこの町を守ることが先決だ。ただ、先にお前に伝えておきたかった。それだけだ」

ラウルはそう言って立ち上がると、ミラに手を差し伸べた。

素直にその手を握って、ミラも立ち上がる。

「もう休んだほうがいい。教会まで送る」

「……ううん。ひとりで戻れるわ。ラウルも、交代したらちゃんと休んでね」

「そうか。じゃあ、お休み」

ラウルと別れて教会に戻る。

帰り道、彼を思いとどまらせる言葉を必死に探していたが、ラウルの気持ちもわかるだけに、思いつくことができなかった。

それでも、リーダイ王国だった場所は魔物の巣窟になっているだろう。そんな危険な場所に、ラウルを行かせるわけにはいかない。

この町が、結界なしで成り立つには、まだ時間がかかる。それまでは一緒にいられるのだから、その間にじっくりと考えなくてはと思う。

けれど、平穏な日々は長くは続かなかった。それからひと月ほど経過した、ある夜のこと。

見張りをしていたひとりの男性が、非常事態の鐘を鳴らしたのだ。

結界に守られたこの町にとって、魔物の襲撃は非常事態ではない。

鐘を鳴らすほどの非常事態。

それは、町の近くで魔物の襲撃があり、大量の怪我人が運び込まれたときだ。

ミラはすぐに飛び起き、身支度をして部屋を飛び出した。

怪我人は、教会の礼拝堂に運び込まれていた。

「……っ」

駆けつけたミラは、目の前の光景に思わず息を呑む。

「これは……」

ミラに続いて駆けつけた女性も、震える声でそう呟いた。

二十人ほどの人が、床に布を敷いた上に寝かされていた。かなりひどい怪我を負っていて、意識のない人もいる。

「他にも重傷者がいる。すぐにでも治療をしなければ、助からないかもしれない。応急手当てを手伝ってくれ！」

教会の外から男の声がした。

「向こうをお願い」

「……承知しました」

ミラの傍にいてくれた女性は、頷くと即座に駆けていった。

残されたミラは、ひとりひとり治療をしていては間に合わないと判断し、礼拝堂全体に治癒魔法をかける。

祈りを捧げると、礼拝堂全体が銀色の光に包まれる。

魔力をかなり消耗したのがわかった。

急激に失われた魔力に、足がふらついて倒れそうになる。

(まだ、駄目。外にも重傷者がいると言っていたわ。癒さないと)

エリアヒールで消耗したものの、膨大なミラの魔力はまだ充分に残っている。

体力にさえ気をつければ大丈夫なはずだ。

必死に外に出ると、ミラの姿を見つけた町の女性が駆け寄ってきた。

「……ああ、ミラ様。どうやら王都が、壊滅したそうです」

「!」

あまりの衝撃に、ミラは言葉を発することもできずに、ただ息を呑む。

「ミラ！」

ふと、目の前が暗くなったかと思うと、誰かにしっかりと抱き止められた。

「あ……」

途切れそうになっていた意識が、少しずつ鮮明になっていく。

強い魔法を使ったあとに、衝撃的な話を聞いてしまったせいで、倒れそうになっていたようだ。

支えてくれる腕に、必死に掴まる。

それが誰かなんて、考えなくてもわかっていた。

何度もこの腕に支えられてきたのだから。

「……ラウル、王都が」

縋（すが）るようにそう言うと、背中を優しく撫（な）でられる。

「ああ、俺も聞いた。どうやら本当のようだ」

手のひらから伝わる温（ぬく）もりに、少しずつ心が落ち着いていくのがわかった。

「王都には結界が張ってあると聞いたわ。それなのに、どうして？」

「今、ジェイダーが避難してきた人たちに詳しい話を聞いている。お前は少し休め」

「でも、怪我をしていた人たちが……」

「お前の魔法は、礼拝堂の外にいた人たちも一瞬ですべて癒してしまった。怪我人はもういない。だから、今のうちに体力を回復させたほうがいい」

どうやら魔法の効果は、自分で思っていたよりもずっと広範囲に及んだようだ。

王都の結界はどうなったのか。

アーサーはどうしているのか。

新しい聖女はどうしたのか。

聞きたいことはたくさんあったが、ラウルは強引にミラの手を取って、部屋に連れていってしまう。

「ラウル、待って。王都の話は……」

「今はまだ、事情を詳しく聞いているところだ。人によって言うことが違うこともあるから、どれが正確な情報なのか、しっかりと調べなくてはならない」

「そうかもしれないけど、でも」

こんな状態でひとりだけ休むことなんてできない。そう思っていた。

「休めるとしたら今のうちだ。これからまた、避難してくる者がいないとは限らない」

ミラの場合は、魔力ではなく体力を心配しなくてはならない。これから負傷者が増えるかもしれないと言われたら、身体を休めて体調を整えるしかないのだ。

「……わかったわ」

実際、魔力は回復していたが、体力がまだ回復していないと感じている。

この状態でさらに魔法を使うと、また倒れてしまう可能性が高い。

いざというときにきちんと魔法を使うことができるように、ここはラウルの言う通りに少し休んで体力を回復させて、次に備えたほうがいい。

「眠れないかもしれないが、身体を横たえているだけでも違うだろう。何かわかったら、すぐに教える。だから、今は身体を休めたほうがいい」

ラウルは先ほどよりも優しい声でそう言うと、まるで眠れずに泣き出してしまった子どもを慰めるように、ミラの頬(ほお)をそっと撫でる。

(……ラウル)

ミラは彼を見送ったあと、素直に自分の部屋のベッドに横たわった。

眠れないと思っていたが、身体は思っていたよりもずっと消耗していたらしい。気がつけば、意識が途切れていた。

幕間　裏切りの逃走

ロイダラス王国の王都は、とても平和だった。

王都は結界で守られ、魔物は入り込むことができない。

聖女エリアーノは、増え続ける負担の中、必死に結界を維持してくれた。

「どうか、ペーアテル大神殿にさらなる寄付を。神殿のためと思えば、わたくしも力を振り絞ることができます」

健気（けなげ）にそんなことを言う彼女のために、惜しみなく宝石を与えた。

宝石など、この先いくらでも手に入る。

だが、王都が壊滅してしまえばもう終わりだ。彼女の要求はそれからもどんどん大きくなっていったが、アーサーはすべて叶（かな）えていた。

貴族の中には、彼女の望みはあまりにも大きすぎると苦言を呈する者もいたが、王都を守る結界を張れるのはエリアーノだけだ。

彼女に守られたくないのなら、王都から出ていけと言えば、彼らもそれ以上何も言えずに口を噤（つぐ）んだ。

アーサーと聖女に逆らえば、王都から追放される。

貴族たちもそれを悟ったらしく、そのうち周囲には聖女の力を称（たた）える者ばかりになった。

中には、聖女のために貢物（みつぎもの）を差し出す者もいた。

彼女はそれさえも自分のものにせず、ペーアテル大神殿のために受け取った。

だが平和な王都とは違い、王都の外はひどいものだった。

魔物除けになるからと、騎士団が倒した魔物の死骸が王都の外に積み重ねられていたのだ。

だが、それもあまり効果がなかった。

王都から追い出されてそのまま亡くなってしまった人たちの遺体に魔物が群がり、王都の外を魔物が常に徘徊するようになってしまったからだ。

そのせいで周辺の町から逃げてきた者たちは、王都ではなく別の方向に逃げるようになり、これ以上人口が増える心配はなくなった。

これでエリアーノの負担も少し減るだろうと安堵していたが、ある日。その聖女が姿を消した。

彼女の力は類いまれなものだ。

最初はアーサーも、エリアーノが拉致されたのだと思い、必死に手掛かりを探した。

だが、彼女の部屋にあった宝石類が、すべて持ち出されていたこと。

聖女の周囲は厳重な警備だったことから、彼女がそれらを持って逃げ出したのだとわかった。

結界は消えてなくなり、周辺を徘徊していた魔物が、一気に王都に押し寄せてきたのだ。

アーサーはすぐに騎士団に魔物の討伐を命じ、聖女の姿を探した。

だが彼女は昨晩のうちに王都を離れてしまったようで、どんなに探しても見つけることができない。

「……聖女は、エリアーノはどこに行った？　なぜ、魔物が押し寄せてきているのだ」

彼女に仕えていた神官やシスターを厳しく叱責しても、彼らもわからないと狼狽えるだけだ。

そのうち、王城の近くまで魔物が迫ってきた。

城門を固く閉ざして、魔物の侵入を防ぐ。

王都の人たちや、魔物を退治するために出動した騎士たちが中に入れてくれと叫んでいたが、けっして開けてはならないと命じる。

そのうち、王都の外の逃げたほうが安全だと悟ったのか、彼らは逃げ出した。

このまま籠城（ろうじょう）していても、いずれ魔物に侵攻されるかもしれない。

アーサーはそれを悟り、王城の人たちが城門を守ろうと必死になっているところを見計らって、裏門からひそかに逃げ出した。

たしかに王都や王城は大切なものだが、アーサーはこの国を継ぐ王になる身だ。

こんなところで死ぬわけにはいかない。

アーサーにとって国とは王城や国民のことではなく、王族であり、国王のことだ。

ローブを深く被（かぶ）って逃げ惑う人々に紛れ、何とか近くの町に辿（たど）り着いた。

しかしこの町は、王都から逃れてきた人々を受け入れずに拒絶した。

今までどんなに頼んでも王都に入れてくれなかったのに、自分たちが困ったときだけ助けてもらおうなんて、都合の良いことを言うな。

固く閉ざされた町の門の向こうから、若い男がそう怒鳴っている。

門に群がっていた人々は、それは国王代理のアーサーの命令だと、すべてアーサーのせいだと怒鳴っている。

（……勝手なことを）

怒りが募ったが、さすがにここで正体がばれたら大変なことになる。

そのうち諦めて、魔物を警戒しながら、他の町に歩き出す人が少しずつ増えてきた。

その中のひとりが、こんなことを言った。

「国境近くに、避難してきた人を受け入れてくれる町があるらしい。何でも、聖女様が町を守っているそうだ」

「この国に聖女などいるか。今までもすべて偽物だったじゃないか」

連れらしき男がそう言い捨てたが、彼は違う、と首を振る。

「彼女は、エイタス王国から来たそうだ。そう、この国の偽聖女とは違って、本物の聖女様だよ」

エイタス王国、と聞いた途端、周囲の人々もざわめいた。

かの国が四人もの聖女を有していることは、よく知られている話だ。

「もしかしたら、エイタス王国に保護してもらえるかもしれない」

「それが無理でも、あの国の聖女様なら、俺たちを見捨てたりしないだろう」

その話が周囲に広まるにつれ、国境に移動する者が増えていく。

（……エイタス王国の聖女。ミラか？）

アーサーもその群れに交じって、国境を目指す。

聖女マリーレは、偽物だった。力も使えず、何の役にも立たない女だった。今頃は地下牢で魔物に殺されているかもしれない。

聖女エリアーノは、さんざん貢がせた挙句、姿を消した。

力は本物だったのかもしれないが、アーサーを裏切った。必ず見つけ出して、反逆罪で処刑して

やると決意する。
やはりミラこそが、この国の聖女にふさわしい女だった。
さんざん偽物に邪魔をされてしまったが、やっと真実に気がついた。
彼女を迎えに行き、ふたりで国を再建しよう。
ミラさえ手に入れれば、すべてがうまくいく。
アーサーはそう決意して、国境近くにあるという、その町に急いだ。

第八章

対決、そして未来へ

ミラは結局、そのまま朝まで眠ってしまっていたようだ。

(あんなことがあったのに、しっかり眠ってしまうなんて)

いくら疲れていたとはいえ、あれだけたくさんの怪我人(けがにん)を見たあとに、王都が壊滅したという話を聞いている。

身体を休めるために横たわることはできても、ゆっくりと休むことなんてできないと思っていた。

でも実際は、朝になるまで眠ってしまった。

エイタス王国や王都にある神殿にいた頃は、考えられなかったことだ。

我ながら図太(ずぶと)くなったものだと、思わず笑みが浮かぶ。

それでも、強くなることは悪いことではないだろう。

これからどうなるかわからない以上、体力だけではなく精神力も鍛えておきたい。

「よし、頑張る」

気合いを入れるようにそう言うと、手早く着替えをして部屋を出る。

ラウルに、昨日のことを詳しく聞かなくてはならない。

「ミラ様、お目覚めでしたか」

ミラの姿を見ると、すぐに傍(そば)にいてくれた女性が駆け寄ってきた。

「お身体はもう大丈夫ですか?」

「ええ、もちろん」

あの後も、少数だが避難してきた者たちがいたようだ。町の女性たちは、その対応に追われていたようだ。

「私はもう大丈夫。昨日のことを聞きたいの。誰かいるかしら？」

「それでしたら……」

礼拝堂にジェイダーかラウルがいるだろうと聞き、ミラはそちらに向かうことにした。

建物の高所にある窓から、白い光が降り注いでいる。

その光を受けて、ミラの銀色の髪が眩(まばゆ)いほどに煌(きら)めく。

椅子に座ったり、床に布を敷いて横たわっている人々の様子をうかがいながら、ゆっくりと歩いていく。

その姿を見て、聖女様、と感極まったような声があちこちから響いた。

ミラはその声がした方向に微笑(ほほえ)みかけながら、ジェイダーの姿を探していた。

だが、それらしき姿は見当たらない。

どうやら外にいるようだと思い、そのまま教会を出た。

ジェイダーは、建物の中に入りきれなかった人たちの世話をしていた。

木の杭(くい)や布を使って大きなテントのようなものを作り、そこには比較的軽傷な者や、重傷だったがミラの魔法によって完治した者がいるようだ。

「ミラ様」

ミラの姿を見つけると、ジェイダーのほうから駆け寄ってきた。

「よかった。目が覚めたのですね」

「ええ。すっかり回復したわ。王都の様子を聞きたいの。ラウルはどこかしら？」

「……彼なら、町の周辺に集まった魔物を退治してくると言って出かけました。ただ、少し様子がいつもと違っていたから、何だか気になってしまって」

「ラウルが？」

「はい。実は昨日、王都から逃げ込んできた人たちに何があったか聞いたのですが」

ミラが部屋に戻ったあと、ジェイダーとラウルは、彼らから話を聞いていたようだ。

中には王城に勤めていた兵士や侍女もいたらしく、王都で何が起こったのか、かなり詳しく語ってくれた。

王都に結界を張っていたのはマリーレではなく、王城を訪ねてきたひとりの聖女だったようだ。

彼女はペーアテル大神殿に向かう途中だと言い、人々が苦しんでいる様を見過ごすことはできないと、魔物を撃退し、王都に結界を張ったらしい。

それを考えると、彼女は本物の聖女だったのだろう。

だがその聖女が王都に人が増えることを嫌ったせいで、アーサーは路上で過ごしていたような人たちを、王都の外に放り出したというのだ。

「王都の外は、追い出されて亡くなった人たちの遺体と、魔物除(よ)けのために積み重ねられた魔物たちの死骸の山で、ひどい状態になっていたようです」

ジェイダーの声は震えていた。

守るべき国民にそんなことをした兄に、心底怒りを覚えているようだ。

ミラも、信じられない思いで首を振る。

「そんな……。魔物の死骸を放置しても、魔物除けにはならないわ。むしろ集めてしまうのに」

ペーアテル大神殿に住まう聖女が、それを知らないはずがない。

結界が守れる人数に限界があるようなことを口にしたこともあり、ミラには、その聖女がわざと王都を混乱に陥れたように感じてしまう。

(まるで、リーダイ王国が滅びた日のようだわ)

そう考えた途端、背筋がぞくりとした。

それはジェイダーの次の言葉で確信に変わる。

「そしてある日突然、その聖女と結界が消えたらしいです。聖女は結界の見返りにペーアテル大神殿に寄付してほしいと言って、王太子からたくさんの宝石を受け取っていたと聞きました」

その宝石をひとつ残らず持ち出して、聖女は消えた。

同時に結界も消えてしまい、周囲に溜まっていた魔物が王都に押し寄せたのだ。

(ああ……)

彼女は間違いなく、十年前にリーダイ王国を滅亡させた聖女だ。

その話を聞いたラウルが、平静でいられるはずもない。

「ラウル」

彼の傍に行かなくては。

そう思ったミラは、すぐに走り出した。

この町に滞在するようになってから、町の外に出るのは初めてかもしれない。

思えばこのときのミラは、感情的に行動しすぎてしまった。

王都を捨てて立ち去ったその聖女のせいで、避難してきた人々は、聖女に見捨てられることを恐れている。

それなのに、そんな彼らの目の前で、町を飛び出してしまったのだ。

ようやく生き延び、逃げ延びてきた人々が、そんなミラの姿を見て、この町も聖女に見捨てられてしまうのではないかと不安に思うことまで考えていなかった。

ただラウルのことだけを考え、彼の姿を探し求めて、町の外に飛び出していた。

不安だった。

大切なものをなくしてしまったような、焦燥が胸を駆け巡る。

もしかしたらラウルは、その聖女を探すために町を出ていったのかもしれない。

ひとりで、その聖女と戦おうとしているのかもしれない。

(ラウル……)

ミラは彼の姿を探して、無意識に走り出していた。こんなふうに、自分の感情のままに動き出すのは、初めてかもしれない。

最初に出逢(であ)ったときのことを思い出す。

彼は世間知らずで無謀な自分たちに少し呆(あき)れたような顔をしながらも、面倒を見てくれた。

ミラが足を滑らせて斜面を滑り落ちたときも、自らの身を危険に晒(さら)しながらも助けてくれた。

何度も魔力を使いすぎて倒れてしまったときも、見捨てずに介抱してくれた。

最初はどうやら、聖女を快く思っていなかったようだ。

それもラウルの過去を聞いてしまうと、仕方のないことだと思う。

彼にとっては祖国滅亡のきっかけを作っただけではなく、父である国王を欺き、国を思う心を利用して一方的に搾取した憎い相手だ。

まだ彼も幼く何もできなかった分だけ、仇とも言える聖女を逃がしてしまった後悔の念は深いだろう。

その聖女が、今度はこの国に狙いを定めた。

しかも、リーダイ王国を滅ぼした方法とまったく同じことをしたのだ。

魔物除けだと言って、かえって呼び寄せるような方法を取らせ、対価として宝石を要求する。

あの狡猾なアーサーでさえ騙したのだ。

国を想う優しいリーダイ国王を騙すことなど、容易いことだったに違いない。

(でもラウル。どうか、ひとりで行かないで。私も一緒に行くから。あなたの敵と、私も一緒に戦うから……)

思うのは、ただそれだけだ。

だが、そんなミラの道を阻むように、魔物が襲いかかる。

「邪魔をしないで！」

ミラはそう叫びながら、道を塞ぐ魔物の瘴気を浄化した。

強すぎる魔法は、魔物が存在することさえ許さず、ミラの魔法だけで浄化されて跡形もなく消え去った。

魔物の瘴気を浄化し、弱体化することはできても、魔物の存在さえも消し去ることなど、誰もできなかったことだ。

もちろんミラの母も姉も、そんな魔法を使うことはできない。

それをミラは二度も使った。

想いが、魔法を強くする。

ミラの母がそう言っていたように、ラウルを想う気持ちが、ミラの魔法を最大限に高めていた。

一度目も、ラウルが関わっていたときに、ミラは今まで使ったことのなかった魔法を使っていた。

彼の傷を癒そうとしたミラは、祈りの力が強すぎて、まだ倒されていない魔物まで浄化してしまったのだ。

まさしく、その力は【護りの聖女】。

けれどミラは、自分が規格外の力を使っていると気づかぬまま、ただラウルの姿を求めて走っていた。

ふと、右手のほうから戦いの気配がした。

(もしかして、ラウル?)

ミラはすぐに足を止め、その方向に向かって歩き出す。

「ラウル!」

そこにいたのは、予想していた通りラウルだった。

大剣を構え、虎に似た大型の魔物と対峙している。

動きが素早く、なかなか手強い魔物だが、ラウルなら問題なく倒せるはずだ。

それなのに苦戦しているのは、やはり気にかかることがあるからか。

少なからず傷を負っている様子に、心が痛む。

それでも彼を見つけられたことに安堵（あんど）しながら、彼の前に出て魔物と対峙する。

「ミラ？」

突然飛び出してきたミラに驚き、庇（かば）おうとしたラウルだったが、その前にミラの浄化魔法が、魔物の存在を消し去る。

ミラを庇おうとして飛び出したラウルは、目の前で魔物が消滅する様を見て驚いたようだ。

「これは……」

呆然（ぼうぜん）としているラウルに、ミラは駆け寄った。

その腕にあったはずの痛々しい傷は、もう跡形もない。

魔物の浄化とともに、癒しの魔法も使っていたようだ。

（ああ、よかった……）

ほっとすると急に力が抜けてきて、ミラはラウルがどこにも行かないように必死にしがみついたまま、目を閉じる。

（ああ、また無理をするなって怒られるかな……）

でもラウルがひとりで行ってしまわなくて、本当によかった。

力が抜けそうになる腕で必死に彼を掴（つか）んだまま、ミラは心から安堵していた。

意識を失っていたのは、それほど長い時間ではなかったようだ。

気がつくと、ミラはラウルの腕に抱かれていた。

「あ……」

完全に気を失っていたはずなのに、ミラの手はラウルの上着をしっかりと掴んでいた。

そのせいで動くことができずに、ずっとミラを抱えてくれていたようだ。

「ごめんなさい、私……」

掠(かす)れた声でそう言うと、ラウルはミラの乱れた銀色の髪を、優しく撫(な)でてくれた。

「また無理をしたな。今度はなぜだ？」

ミラの無謀な行動に呆れているのでも、勝手に町を飛び出したことを咎(とが)めているわけでもない。

ラウルはいつだって、ミラの行動を制限したりしない。

心配することはあっても、そのまま受け止めてくれる。

今回も、そうだった。

「ラウルが、行ってしまったかと思って」

だから素直に、胸の内を打ち明けることができた。

「俺が？」

驚いた様子の彼に、こくりと頷(うなず)く。

「王都が壊滅したときの話を聞いたの。王都が崩壊したきっかけになった聖女の話を聞いて、それで……」

「ああ」

ミラの言葉に、彼は頷いた。

「その話を聞いたのか。そう、あれは間違いなく、リーダイ王国を滅亡に追いやった聖女だ。今はエリアーノと名乗っているようだが」

ラウルも昨晩、王都から避難してきた者にその話を聞き、どんな女性だったのか詳しく尋ねたようだ。

「俺の記憶に残っている聖女は、長い黒髪に緑色の瞳をしていた。ロイダラス王国の王城を訪ねた聖女も同じだったらしい。あの頃は二十歳前後だったようだから、今は三十歳ほどになっているだろう」

それでも当時と変わらずに外見は美しく、王都では見惚(みと)れていた者も多数いたようだ。

だがどんなに美しくとも、その中身は聖女とはとても呼べないほど、あくどい女性だ。

「私、ラウルがその人を探して町を出ていってしまったのかと思った。それで、急いで探していたの」

ミラはゆっくりと身体を起こして、ラウルを見つめた。

どうしても伝えたい言葉があった。

それを伝えるために、こうして町を飛び出してきたのだ。

「もしそうなら、私も一緒に行くわ。あなたを、ひとりで戦わせたりしない。だから、置いていかないで」

毅然(きぜん)と言ったつもりなのに、声が震えてしまっていた。

「俺は、その聖女よりも、ロイダラス王国の王太子のことばかり考えていた」

そんなミラに、少し呆れたような、それでも今までで一番優しく見える笑みを浮かべて、ラウルはそう言った。

「王太子……。アーサー様のこと？」

意外な名前がラウルの口から出たことに驚き、ミラは聞き返す。

「ああ。あの女なら、王都が壊滅したのなら、もう他の国に逃げているはずだ。それよりも王太子がどうなったのか、どう動いたのか気にならないのか？」

「……まったく思わなかったわ」

ミラがずっと考えていたのは、ラウルとその敵である悪しき聖女のことだけだ。

それを伝えると、ラウルは複雑そうな顔をする。

「俺は、お前の敵であるその男のことばかり考えていた」

互いに、相手の敵のことばかり考えていたことを知り、二人は顔を見合わせて笑いあった。

「お前と出逢う前なら、そうしたかもしれないな」

しばらく穏やかに笑っていたラウルは、やがて静かな声でそう言った。

「どんなに時間がかかっても、あの聖女を探し出して復讐をする。そう決めていた。だが、お前と一緒に旅をしているうちに、その考えも少しずつ変わってきた」

「私と？」

「ああ。どんなときも、どんな目にあっても人を救うために戦うお前の姿を見ていたら、過去に囚われ、復讐のために剣を振るうよりも、誰かを助けるために剣を振るうほうがずっといい。そう思えるようになっていた」

静かに紡がれる言葉は、紛れもなくラウルの本心なのだろう。

「だから、もう心配するな」

「……うん」

思えばミラも、最初はアーサーを恨んだ。

突然、婚約を破棄されて、偽聖女だと言われて追放されたのだ。

でも、憎しみはそう長くは続かなかった。

嵐のような感情が過ぎ去ってしまうと、その後に残るのは、どんなときも支えてくれた周囲の人たちの優しさだけだった。

ミラがその優しさに救われたように、自分の行動がラウルの心を暗い復讐から救うことができていたのなら、それは言葉に言い表せないくらい嬉しいことだ。

「……ミラ？」

「ごめんなさい。安心したら、また力が抜けてしまって……」

途切れそうになる意識を必死に繋ぎ止めようとする。

力が抜けそうになっている身体が、優しく抱き上げられた。

「いいから、眠ってしまえ」

「……うん」

ラウルが傍にいてくれる。

そう思うとすっかり安心してしまって、ミラは抵抗をやめて目を閉じた。

目が覚めても、きっとラウルは傍にいてくれる。

ミラは疑うことなく、そう信じていた。


だがそのとき、町では予想外の騒動が起こっていた。

ミラが町を飛び出す様子を見た避難民が、この町も聖女に見捨てられてしまったのかと騒ぎ立てたのだ。

何とか鎮めようとしたジェイダーだったが、彼はミラが町を出ていった理由を知らなかったので、一時はかなり騒然としたようだ。

けれど傍についていた女性の証言で、ミラがラウルを探して町を出たことがわかった。

ジェイダーはミラが町を見捨てたわけではなく、仲間を迎えに行っただけであり、すぐに戻ってくるからと言い聞かせて、ようやく落ち着いたらしい。

そのあとミラがラウルと無事に戻ってきたから、人々の動揺は完全に収まったようである。

それを聞いて、ミラは自分の軽率な行動のせいで混乱を招いてしまったことを反省した。

だが、気懸(きがか)りなことができてしまった。

ミラは、この先ずっとこの町に留(とど)まることはできない。

いつかは必ず、この町から聖女の結界は消えてしまうのだ。

もちろん途中で放り出すつもりはないが、兄は、ミラが長くこの国に留まることを許してくれないだろう。

でもミラが町を少し離れただけで、ここまでの騒動になるとは思ってもみなかった。

考えてみれば王都に住んでいた人々は、二度も聖女の加護を失っている。

一度目は、ミラが追放されたとき。

そして、あの聖女が王都を見捨てて立ち去ったときだ。

(どうしよう……。少し考えが甘かったのかもしれない……)

ミラは俯き、唇を噛みしめる。

この町が復興するまで、ここに留まると決めていた。

けれど、それはいつなのか。

住めるようになれば、それでいいのか。

それとも、人々が安全に暮らせるようになるまでなのか。

王都が壊滅してしまった以上、この町を頼ってくる者はこれからも増えるだろう。

いつしか、この町だけではすべての人を保護することはできなくなるかもしれない。

そのとき、住人たちを他の場所に安全に移住させるには、どうしたらいいのか。

問題は山積みで、ミラはそれにどこまで関わったらいいのか迷っていた。

途中で放り出すことはしないと決めた。

でも本音を言えば、どこまで協力したらいいのかわからない。

アーサーの婚約者だったときなら、ここはミラの祖国になるはずだった。

そうなっていたら、何年かかろうと復興に力を尽くしただろう。

けれど今のミラは、エイタス王国の王妹であり、ただジェイダーに協力しているに過ぎない。

(ラウルが戻ってきたら、相談してみよう)

ミラが目覚めるまで傍にいてくれたラウルだったが、見張りの交代の時間が来てしまい、今は門の見張りをしているはずだ。

彼に相談して、明確な目標を決めたほうがいい。

そう思っていたミラだったが、先にジェイダーがミラに会いに来た。

どうやら、相談したいことがあるらしい。

この町のリーダーであるジェイダーはかなり忙しく、会うのも久しぶりだ。

彼も王都壊滅の話を聞いて、動揺しているだろう。

ミラも、不用意に町を飛び出したせいで、混乱を招いてしまったことを謝罪したいと思っていた。

「ミラ様、お休みのところを申し訳ございません」

そう言って謝罪したジェイダーだが、しばらく見ない間に少しやつれたようだ。

「いいえ、私なら大丈夫。ジェイダー様こそ疲れているのでは？」

心配になってそう尋ねる。

この国を背負う覚悟を決めたとはいえ、まだほとんど協力者のいない今の状況では、負担が大きすぎるのだろう。

「大丈夫です、と言いたいのですが……」

ミラの顔を見て、ジェイダーは表情を歪(ゆが)めた。

「問題が山積みで、なかなか解決することができません。避難民同士の諍(いさか)いも増えてしまって、もうどうしたらいいのか……」

そう言うと、彼は救いを求めるようにミラを見た。

「ミラ様は、兄の婚約者でしたね。そして、この国の王妃になるはずだった」

「……ええ、そうね。彼が私との婚約を破棄するまでは」

戸惑いながらも、それは事実だったので頷いた。

するとジェイダーは、縋(すが)るようにしてミラの両手を握りしめてきた。

「私は兄のようなことはしません。絶対に、あなたを聖女として、伴侶として大切にします。ですから、どうかもう一度、この国の王妃になってはいただけないでしょうか」

「！」

憔悴（しょうすい）したジェイダーの懇願に、ミラは言葉を失った。

たしかに少し前までは、このロイダラス王国の王妃になるはずだった。

一度は、この国で生きる覚悟を決めた。

けれどすべて、アーサーの身勝手な行動で白紙になってしまったことだ。

今も、どこまで支援を続けるべきか悩んでいたくらいである。

アーサーの裏切り。

今まで守っていた町の人たちからも、偽聖女として罵（ののし）られていたこと。

罪人として追われたこと。

たくさんのことが積み重なり、ミラの心はもう、この国から離れていた。

この町の支援が終わったら、エイタス王国に帰ると決めていたのに。

それでも、縋るように握られている手を離すことができなくて、ミラは戸惑う。

「……私の一存で決められることではありません。すべて、エイタス王国の国王である兄が決めることです」

どう答えたらいいかわからずに迷っていたミラは、ようやくそれだけを口にした。

それは言い訳などではなく事実で、ミラの結婚を決めるのは、国王である兄だ。

ここまで大きな騒ぎになってしまえば、兄がすべてを知るのも、もう時間の問題である。

ミラが、勝手に答えてよいことではなかった。

妹たちを大切にしている兄ならミラの希望を優先してくれるだろうが、アーサーによる婚約破棄があったばかりだ。

ミラ自身が強く望まない限り、ロイダラス王国に嫁ぐことを許すとは思えなかった。

「ええ、そうですね。申し訳ありません」

ジェイダーは頷くと、ミラの手を離して、疲れきった顔で言った。

「ミラ様のお見舞いに来たはずが、余計なことを口にしてしまいました。どうか忘れてください」

「……」

力なく微笑む姿に、罪悪感が募る。

ジェイダーは、どうかゆっくりと休んでくださいと言って、部屋を出ていった。

その後ろ姿を見送り、きつく目を閉じる。

ミラはこの町の復興だけ見届ければいいが、ジェイダーの道のりは長い。

これから、増えすぎた住人の安全な居場所の確保や、壊滅した王都の復興に、兄であるアーサーのこともある。

王都が壊滅した今、彼がどうなっているのかわからないが、もし無事ならば、王位を巡っての争いもあるだろう。

今はなりを潜めている貴族たちも、この国が復興してきたら、再び動き出すに違いない。

この先、アーサー派とジェイダー派に分かれて争うことも考えられる。

貴族同士の諍いが激しくなれば、復興に支障をきたすこともあるだろう。

そんなことになれば、町の人たちの不満も大きくなるに違いない。

まだ信頼できる味方のいないジェイダーが、ミラに頼ってしまうのも仕方がない状況かもしれない。

今のミラに、この国の王妃になるという決断をすることはできないが、なるべくジェイダーの手助けをしたいと強く思う。

（それには、どうしたらいいのかしら……）

ラウルに相談してみたいと思うが、ジェイダーはミラにこの国の王妃になることを望んでいる。それを彼に話すのは、何となく躊躇いがあった。

やはり兄と合流してから相談するのが、一番かもしれない。

よく相談して、この国ではなくジェイダーのために、できる限りのことをしようと思う。

「あの、ミラ様！」

そんなことを思っていたミラのもとに、ひとりの避難民と思われる女性が、慌てた様子で駆け込んできた。

「どうぞお助けください。重傷者がいます。もう助からないかもしれません！」

涙声に即座に反応して、ミラは立ち上がる。

「すぐに行きます。どこですか？」

少し眩暈がしたが、それを必死に堪えて、その女性のあとに続いた。

「町の裏門の近くです。そこから動かせなくて……」

「わかったわ」

きっと、魔物に襲われながらも必死に逃げてきた者なのだろう。

表門には、ラウルがいるはずだ。

そちら側だったら、彼に怪我人を運んでもらうこともできた。

ラウルを呼んだほうがいいかもしれないと思ったが、女性があまりにも必死にミラを連れていこうとするので、怪我人の治療が先だと思い、彼女のあとに続く。

だが、裏門には誰もいない。

「怪我人は？」

不思議に思って門を出て周囲を見渡すと、物陰からひとりの男が姿を現した。

「……久しぶりだな、ミラ」

「！」

それは、間違いなくかつての婚約者。

ロイダラス王国の王太子であり国王代理でもある、アーサーだった。

「アーサー様。どうしてここに……」

最後に彼を見たのは、偽聖女の汚名を着せられて追放を言い渡されたときだ。

アーサーは崩壊した王都から逃げ延びてきたとは思えないほど、あのときと変わらない姿だった。

けれどその瞳だけは、追い詰められた獣を思わせる常軌を逸した光を宿していた。

ミラはそんなアーサーが恐ろしくなって、思わず後退(あとずさ)る。

（そういえば、怪我人は？）

気になってそっと周囲を見渡してみたけれど、ミラをここまで連れてきた女性の姿はなかった。

怪我人がいるというのも、嘘だったのかもしれない。

「どの聖女も役立たずばかりだ。ひとりは、出自を偽装していた能なし。もうひとりは、せっかく重宝してやったのに、報酬を持ち逃げした」

アーサーは吐き捨てるようにそう言うと、ミラを見て歪んだ笑みを浮かべる。

「マリーレは、伯爵家の娘などではなかった。ただの庶民が、ディアロ伯爵と共謀して、聖女になろうとしたに過ぎない。私は、あの反逆者たちに騙されていた。あの女のほうが、偽聖女だったのだ」

「……」

アーサーは手を差し伸べたが、もちろんミラがその手を取るはずがない。

それにアーサーは偽物だというが、ミラはマリーレに聖女の力を感じていた。

ただあまりにも弱すぎて、それを使うことができないだけだ。

「もうひとりの聖女は、使える女だと思っていたのに、私を欺き、裏切った。必ず見つけ出して、八つ裂きにしてやる」

憎々しげにそう言ったあとに、ふいに優しい笑みを浮かべてミラを見つめた。

「やはりこの国の聖女は、お前しかいない。私とともに、この国を建て直そう」

言っている言葉は、ジェイダーと同じ。

だが、彼とは言葉の重さも覚悟もまったく違う。

何があっても、アーサーの手を取ることだけは、絶対にないだろう。

「……私を偽聖女だと言って追放したのは、アーサー様です」

婚約を解消する書類にも、署名した。

そう反論すると、穏やかに笑みを浮かべていたアーサーが、たちまち険しい顔になる。

「それは、あの女……マリーレに騙されていたからだ。そうでなければ、あんな女を聖女として認めることはなかった」

「私を、聖女に呪いをかけたとして、追わせたことも？」

「あれは、マリーレが力を使えないのはお前のせいだと言ったからだ。あの女の養父も、娘のために偽聖女を捕らえようと、私兵を動かす許可が欲しいなどと言って、追っ手をかけた」

彼は、すべてディアロ伯爵とマリーレのせいだと言いたいようだ。

だが、世間知らずだったあのときのミラとは違い、そんな上辺（うわべ）だけの言葉に騙されたりはしない。

「私はこの国の聖女にはなりません。もう二度と、あなたと婚約することもないでしょう。ジェイダー様に力を貸すことはあっても、あなたに手を貸すことなどありえない」

「……ジェイダー、だと？」

異母弟（おとうと）の名前を聞いて、アーサーは逆上したようだ。

「あんな奴にお前は渡さない。私と一緒に来い！」

「私は、エイタス王国の王妹ミラです。あなたの命令に従う謂（いわ）れはありません」

きっぱりとそう告げる。

だが、ますます逆上したアーサーは、ミラの腕を掴んで強く引き寄せた。

「お前は私のものだ。誰にも渡さない！」

「きゃあっ」

バランスを崩して倒れそうになるところを、荷物のように引き摺（ず）られる。突然の暴力に腕が痛み、まだ回復していない身体が悲鳴を上げた。

「ラウル！」

思わず、助けを求めるように彼の名を呼んだ。

ラウルのいる表門は、ここから一番遠い場所だ。どんなに叫んでも、声が聞こえるとは思えない。

「ラウル、助けて……。ラウル！」

それでも、必死にその名を呼び続けた。

「……チッ。他の男の名を呼ぶな！」

頬（ほお）に、鋭い痛み。

衝撃に意識が遠のいていく。何とか抵抗しようとしたが、ミラの意識は闇に沈んでいった。

白い光が、天から降り注いでいた。

ゆっくりと目を開いたミラの瞳に映ったのは、欠けてひび割れたステンドグラスだった。

（ここは……）

横たわった身体に、冷たい石の感触。

どうやら石畳の床の上に寝かされていたようだ。

頭を動かそうとすると、頬がずきりと痛む。その頬の痛みが、アーサーに囚われていたことを思い出させてくれた。

ミラは腫れた頬に手を当てたまま、ここがどこなのか確かめようと、ゆっくりと身体を起こすと、慎重に周囲を見渡した。

ミラが暮らしていたところとは別の場所のようだが、崩壊しかけた礼拝堂のようだ。

(どうしてこんなところに……)

服装はシンプルなワンピースのままだが、白いレースのようなものが身体に掛けられていた。

何となく広げてみると、それは美しい刺繍が施されたベールのようだった。

まるでウェディングドレスのようだ。

そう思った瞬間、ぞくりとした。

アーサーは礼拝堂にミラを連れ込んで、何をするつもりなのか。

逃げなくては、と思った瞬間、軋んだ音がして入り口が開かれた。

びくりと身体を震わせたミラは、ゆっくりと振り返る。

「ああ、目が覚めたか」

出逢った頃のように穏やかな笑みを浮かべたアーサーが、ミラに歩み寄る。

「嫌……。来ないで」

ミラは立ち上がり逃げようとするが、走り寄ってきたアーサーに腕を掴まれ引っ張られる。

「どこに行く？　今日は私たちの結婚式だというのに」

こんな廃墟のような場所で、何を言っているのだろう。

礼拝堂は崩れ落ち、愛を誓うべき神も、ここには不在である。

アーサーの執念に、ミラは身を震わせた。

とにかく彼から逃げなくてはならない。

掴まれた腕を振り払おうとするが、アーサーの力は少しも緩まず、ますます強くなるだけだ。

骨が軋むほどの強さで握られて、痛みのあまり涙が滲みそうになる。

「お前は私の婚約者だ。結婚するのは当然だろう」

「それを破棄して私を追放したのは、あなたよ。そのときにもう、あなたとの縁はなくなったの。

結婚するなんて、絶対にありえないわ」

「うるさい！」

「！」

突き飛ばされ、机にぶつかって蹲る。

痛みですぐに動けないミラの頭に、アーサーがベールをのせた。

「王位もお前も、ジェイダーには渡さない。お前は私のために聖女の力を使えばそれでいい」

「……聖女は、あなたの道具ではないわ」

聖女であるのなら、ミラでも誰でもいい。

アーサーはそう思っているのだろう。

こんな場所で結婚式を挙げても、それが正式に認められるとは思えない。王族の結婚とは、それほど簡単なものではない。

それでも、あとで無効にすることができたとしても、アーサーと結婚するなんて絶対に嫌だった。

「離して！　私は絶対に、あなたなんかと結婚しないわ」

逃げようと身を捩るが、両腕を掴まれて壁に押しつけられる。

魔物相手ならば圧倒的な強さを持つミラも、人間相手には無力だった。

「抵抗しても無駄だ。お前はこの私の妻となり、このロイダラス王国の聖女になるのだ」

「……勝手なことを言わないで」

そう言われた瞬間、恐怖よりも怒りの感情が湧いてきて、ミラはアーサーを睨み据える。

アーサーから受けた仕打ちを、許せないと思っていたこともあった。

でも今は、自分が彼にされたことよりも、王太子であるにもかかわらず、自分のことしか考えていない彼の身勝手さに、心の底から怒りを感じている。

「あなたがこの国の王になるなんて、私は絶対に認めない。この国を建て直し、守っていくのはジェイダーよ」

あんなに憔悴しながら、必死に国民を守るために戦っていたジェイダーの姿を思い浮かべる。

彼と生涯をともにすることはできないが、できるだけ力になりたいと思っている。

「ジェイダーなどに、この国も聖女も渡さない。お前さえいれば、すぐに王都を取り戻すことができるのだ」

ミラに伸ばしたアーサーの手は、彼女に触れることなく弾き飛ばされた。

「な……」

ミラは、神々しい銀色の光に包まれて、静かにアーサーを見下ろしていた。

身体の中に、尽きることのない魔力の奔流を感じる。

(これが、ラウルが……、父が言っていた特別な力なの？)

そして、胸に湧き起こる思い。

それは、不思議な感覚だった。

今のミラは、この国や祖国のことだけを考えているのではなく、もっと大きな視野を持っていた。

この世界に住まう人すべてを、魔物の脅威から守りたい。

本気でそう思っている。

「うわあ……。や、やめろ……。こっちに来るなっ」

ミラから溢(あふ)れ出る魔力のあまりの強さに、アーサーは錯乱状態になり、そのまま恐怖に怯(おび)えて走り出した。

「あ……」

このままだと、アーサーの身も危険かもしれない。

いくらアーサーでも、魔物に襲われてしまえとまでは思えなかった。

善人ではないが、それでもミラが守るべき人間のひとりだ。

彼が魔物に襲われないように、聖なる魔法を使おうとした。

だが、その瞬間。

アーサーは、走っていた先とは真逆の方向に――背後に吹っ飛んだ。

(え?)

何が起こったのかわからずに呆然としていたミラを、しっかりと抱き寄せる腕。

(ああ……)

見覚えのある褐色の肌に、何も考えずに思わず縋りつく。

「ラウル……」

「悪い。遅くなった」

ミラを探して、駆け回ったのだろう。

息を乱したラウルは、腕に縋りつくミラをしっかりと抱きしめてくれた。

そして、アーサーに殴られて腫れてしまったミラの頬を見て、顔を顰める。

「もう何発か、殴っておくべきか」

「大丈夫。すぐに癒せるから」

さすがにラウルに何発も殴られたら、死んでしまうかもしれない。

ミラは慌ててそう言って、彼を制する。

アーサーのことは許すつもりはないが、あんな男のために、ラウルが手を汚す必要はない。

それに、今まではそれどころではなかったのでそのままにしていたが、ミラは聖女だ。

こんなものは簡単に癒せる。

ついでに強く掴まれた腕の痣も、転んだときの擦り傷もすべて癒したが、ラウルの表情は曇ったままだ。

「まさかこの男が、国境の近くまで逃れてきたとは。警戒を怠っていた。すまなかった」

「そんな、ラウルのせいじゃないわ。私も、怪我人がいると言われて、疑いもせずについていってしまって。そういえば、どうしてここが？」

自分がどれくらい気を失っていたかわからないが、まだ周囲は明るい。

あまり時間は経過していないように思える。

「お前をあの男のもとに案内した女を捕らえて、すべて聞き出した。そう遠くには行けないだろうと思っていたが、ここで見つけられてよかった」

「ありがとう、見つけてくれて」

ラウルの腕の中で、ミラは綺麗(きれい)に微笑む。

もうアーサーにミラを害することはできなかっただろうが、捕らえることができたのは、大きな収穫だった。

「ラウル。私、やっぱり普通の聖女ではなかったのかもしれない」

彼の腕に抱かれたまま、ぽつりとそう呟(つぶや)く。

「魔力が溢れそうなの。今ならこの周辺にいる魔物をすべて、浄化させることができるかもしれない」

そう言ったミラに、ラウルは首を振る。

「力には問題はないかもしれない。だが、おそらく体力的には無理だ。今まで何度も倒れただろう？」

強すぎる力に、身体がついていかないとラウルは言う。

「少しずつ使う魔法を強くして、身体を慣らしていくしかない」

エイタス国王は、ミラが膨大な魔力を持っていると気がついていた。

そして成長とともに、それがますます強くなることも。

だから身体を慣らす意味でも、あんなに幼い頃から魔法を使わせていたのだろうと、彼は語った。

「……たしかにそうかもしれない。魔法を使えても、そのあと倒れてしまう可能性は高いわ」

ミラはラウルの意見に同意すると、ゆっくりと目を閉じた。

「疲れたか？」

「ええ、少しだけ」

「他の者たちも手分けをして探しているはずだ。早く戻って、安心させてやろう」

「あ、アーサー様は？」

見れば、彼はよほど強く殴られたのか、気を失ったままだ。

ラウルは少し考えたあと、アーサーを拘束してさらにその身体を瓦礫に縛りつける。

「当分目が覚めることはないだろうが、ここに拘束しておく。後で町に連れて帰って、幽閉するしかないな」

まずミラの安全を確保するのが先だ。ラウルはそう主張した。

「帰ろう。みんな待っている」

ラウルは、しがみつくミラを軽々と抱き上げると、優しくそう言った。

「……ええ」

ミラも素直に頷いて、ラウルの腕の中で目を閉じた。

そのまま静かに、今までの出来事に想いを馳せる。

こうして何度、彼に助けられたことだろう。

たとえ不要だと言われても、報酬は必ず支払わなくてはならないと思う。

でも彼に受けた恩は大きすぎて、金銭だけではとても返せそうにない。

（あなたと一緒に行けば……。リーダイ王国を復興させるための手助けをすることができれば、恩を返すことができるかしら……）

ラウルの一番の望みは、きっと祖国の復興だ。

まだ崩壊が始まったばかりのこの国と比べ、十年も前に滅びてしまった国を復興させることは、容易ではない。

それはよくわかっている。

でもミラが聖女であるからこそ、彼の役に立てるはずだ。

ひとりで戦おうとしている彼を、誰よりも近くで支えたい。

（それが、私の一番の望み……）

今はじめて、自分の気持ちの在処がはっきりとしたような気がする。

でも兄は、それを許してくれるだろうか。

それよりも、ラウルがミラの同行を許してくれなければどうにもならない。

でもそこは、報酬を受け取らない彼に、労働で支払うのだと言って、強引についていってしまおうかと思う。

そうすれば、これからも彼と旅をすることができる。

もちろん苦労も多いだろうし、今まで以上に危険なこともあるかもしれない。

でもラウルと一緒なら、何があっても大丈夫だ。

そんな未来を想像しながら、ミラはひそかに微笑んだ。

「ねえ、ラウル。私のような聖女は、何と呼ばれるのかしら」

何気なく聞いた言葉だったが、想像していなかった答えが返ってきた。

「護りの聖女。エイタス国王は、そう呼んでいた」

「……護りの」

それを聞いて、ミラは微笑む。

聖女の本質は護ることだと思っているミラにとって、それはどんな呼び名よりも身に馴染むものだと思った。

町に帰ってからの、ラウルの動きは迅速だった。

町に帰ると何よりも先に、ジェイダーや町の人たちにミラが無事だと伝えてくれた。

皆、ミラを探して周辺をくまなく調べてくれていたらしい。そして、ミラの無事を心から喜んでくれた。

それからラウルは、他の男たちを連れて、すぐにアーサーの捕縛に向かった。事前に教会の懺悔室に丈夫な鍵を付けて、簡易の監獄を用意したようだ。

そこにアーサーを幽閉して、男たちが交代で見張りをすることにしたらしい。近いうちに、警備がより厳重で、ある程度の広さがある監獄を用意しなければならない。

ラウルが忙しく働いている間、ミラはずっと町の女性に付き添われ、守られていた。

誰もがミラをひとりにしてしまったことを詫びてくれたが、ミラも、自分が軽率だったことを謝罪する。

一刻を争う怪我人がいると聞いたとはいえ、ひとりで行動したのは、自分の立場を考えるとあまりにも無防備だった。

それに誰も、アーサーの来訪を予想していなかった。

もし王都が完全に崩壊してから逃げ出したとしたら、ここまで辿(たど)り着くのにもう少し時間がかかるはずだ。

おそらく彼はその前に、すべてを見捨てて逃げ出したのだ。

国民も貴族たちも、そんな彼を国王として認めることはない。

ジェイダーはラウルと相談して、アーサーを捕縛したこと、国民を見捨てて逃げ出した彼を退位させ、自分が国王代理になることを正式に発表した。

この状況では、細部にまで情報を伝達させることは難しいかもしれないが、やがて貴族たちも動き出すだろう。

ジェイダーの戦いは、まだこれからが本番だ。

だが異母兄の所業を目の当たりにし、本人を捕縛したことで、彼も覚悟が決まったようだ。

疲れた顔は相変わらずだが、しっかりと芯のある目をしている。

どうやらラウルが自分の身の上をジェイダーに話して、彼の良き相談相手となっているようだ。

二人で夜遅くまで話し合っていることが増えて、ミラは少しだけ寂しい想いをしていた。

あのときの、ラウルの手助けをしたいと決めたことさえ、まだ彼に話せないでいる。

一刻も早く話したいような、もっと先延ばしにしたいような。

そんな複雑な気持ちを抱えたまま過ごしていた。

そんなある日のことだ。

ジェイダーがミラの部屋を訪れて、驚くべきことを告げた。

何とエイタス国王である兄が、この町を訪れたらしい。それを聞いて、驚いて立ち上がる。

「お兄様が？」

兄に宛てた手紙は無事に届いたのか。先に向かった侍女は無事だろうかと、ずっと心配していた。

それなのに兄は、ミラが王都から追放されたという情報をいち早く掴み、即座に国を出ていたらしい。

手紙も、エイタス王国に向かった侍女も、無駄足に終わっていたことになる。

しかも兄はロイダラス王国の王城に乗り込んで、アーサーと対面していた。

そこで何も知らなかったアーサーに、ミラが自分の妹だということを伝え、かなり憤慨したまま王城を出たようだ。

「お兄様ったら……」

まさか本当に乗り込んでいたとは思わずに、ミラは苦笑する。

アーサーの所業はたしかにひどいことだが、他国の王が許可を得ずに国境を越えたことも、なかなか非常識なことだ。

侵略だと思われても仕方がない。

それでも兄はミラを探してロイダラス王国中を回り、その先々で魔物退治をして、かなり多くの人を救ったようだ。

（お兄様は、国中を探してくれていたのね）

兄の国王らしからぬ行動に少し呆れながらも、本当に心配してくれたことが伝わってきた。

いろいろなことを経験した今となっては、その昔と変わらぬ愛情が、とても嬉しい。

だがさすがに兄も、まさか王族の姫であるミラが山道を歩き、野宿を繰り返していたとは思わなかったらしい。

人の多い街道や、大きな町ばかりを探していたので、今までミラを見つけ出すことができずにいたようだ。

たしかに、エイタス王国にいた頃のミラしか知らない兄なら、山道を歩く妹の姿を想像できなくても無理はないのかもしれない。

だがミラは、祖国を出てから、多くのことを経験してきた。

婚約者だったアーサーに裏切られ、町を歩き、魔物と戦った。

そんな経験をしてきた今の自分は、兄の目にどう映るのだろうか。

少し緊張しながらも、ミラはジェイダーとともに、急いで兄の待つ礼拝堂に向かった。

そこには懐かしい兄の姿があった。

「お兄様」

小さな声でそう呼びかけると、兄はすぐに振り向いた。

「ミラ！」

そう言うと傍に駆け寄ってきて、しっかりと抱きしめてくれる。

「よかった。無事だったか……」

「お兄様、心配をかけてしまってごめんなさい」

兄の抱擁の強さで、どれだけ心配をかけてしまったのかがわかる。ミラは、素直に謝罪を口にした。

「いくら探しても、聞こえてくるのは悪い噂(うわさ)ばかりで、本当に心配をした」

「ごめんなさい。でも、お兄様も悪いのよ。私はきちんと経緯を書いた手紙を送ったわ。こんなときに国家間の争いの原因になるわけにはいかないと思って、侍女も先行させていたのに」

兄が暴走しなければ、こんな大事にはならなかったのだ。

強い口調でそう言うと、兄は驚いたように目を見開く。

「ミラ。前とは別人のようだな」

苦労したのだろう。そう思われているようだ。

ミラはそれを否定するように、首を横に振る。

たしかに大変だったが、振り返ってみれば、多くのことを学べた有意義な時間だった。

それに、かけがえのない出会いもあった。

「そう言われるのは、嬉しいわ。私はたくさんのことを知った。良いことばかりではなかったけれど、世界が広がった気がするの」

「……そうか」

兄は、ミラの言葉を受け止めるように深く頷いた。

「父は生前、ミラにはもっと広い世界を見せるべきだと言っていた。やはり、父の言葉は正しかったのかもしれない」

「お父様が？」

言われてみれば、ラウルの祖国リーダイ王国にも、父に連れられて行っている。

もし父が生きていたら、まったく違った人生を歩んでいたのかもしれない。

「ああ。ミラは特別な聖女だから、この国だけに留めておくわけにはいかない。そう言って、まだ幼いうちから国外に連れ出していた」

覚えているかと言われて、首を傾げる。

「残念だけど、ほとんど覚えていないの。でもラウルが、その頃のことを覚えていたわ」

「……ラウル。たしか、お前が雇った冒険者だったか？」

「ラウルは私の恩人よ。契約以上のことを、彼はしてくれたわ。それにラウルは、リーダイ王国の王族の最後のひとりなの」

それを聞いて、少し警戒していたような兄の顔が、痛ましげに歪められる。

「そうか。リーダイ王国の」

「ええ。その頃のお父様と私のことを覚えていて、私を守ってくれたの。ラウルと出会えなかったら、ここまで辿り着くことはできなかったわ」

いくら力があっても、追放された当初のミラは、あまりにも世間知らずだった。

「私のような聖女を【護りの聖女】と呼ぶと、彼が教えてくれたわ」

それを告げると、兄は目を細めたまま、深く頷く。

「そうだ。だからこそ父は、幼かったミラを外に連れ出した。だが、その父が魔物に殺されてしまった。だから母は、お前まで失うのではないかと恐れて、普通の聖女として育てた」

他国に、とくに聖女のいない国に嫁げば、危険な目にあうこともなく、大切にしてもらえると考えたらしい。

　だが、そんな母の目論見は大きく外れてしまう。

　大切に思っている末娘が偽聖女の汚名を着せられて追放されたらしいと聞き、母はミラを国外に出してしまったことをとても後悔していると、兄は語った。

「母も心配しているだろう。すぐにエイタス王国に帰ろう」

　当然のように兄は、ミラを連れてすぐに帰ろうとした。

　けれど今のミラは【護りの聖女】としての使命に目覚めている。

　このままロイダラス王国とジェイダーを放り出すようなことはしたくない。してはならないと、強く思う。

「今のこの国には、聖女の結界が必要だわ」

　今、ミラがこの国を去ってしまえば、間違いなくリーダイ王国の二の舞になる。

　そんな光景を、ラウルに見せるわけにはいかない。

「私は【護りの聖女】として、この国の新体制が整うまで、魔物から守ると決めました。たとえお兄様の命令でも、従うわけにはいきません」

「……ミラ」

　きっぱりとそう告げたミラに、さすがに兄も戸惑ったようだ。

「お兄様だって、この国の状況を見てきたでしょう？」

「ああ。たしかにこのままでは、いずれ滅びの道を辿るだろう」

　ミラを探してこの国を彷徨った兄は、その言葉に同意して深く頷く。

そんな兄に、アーサーが王都を捨てて逃げたこと、アーサーを捕縛し、異母弟のジェイダーが、この国を建て直すために必死に頑張っていることを伝える。

「お兄様も、ジェイダー様を手助けしてくれるでしょう？」

「そうだな。それを聞いてしまえば、見て見ぬふりはできない。それに、彼はあの男とは違うようだ。できる限り、支援しよう」

エイタス王国の国王である兄の言葉に、ジェイダーがほっとしたような顔をしている。

兄の援助が約束されたとはいえ、国の政治は綺麗ごとだけでは動かない。

まだ年若い彼には、これからも多くの困難が待っているだろう。

少しでも彼の道のりが楽になるように、これからも手助けしたいと思う。

それからミラは、兄とともに町の入り口で護衛をしていたラウルのもとに向かった。

エイタス国王である兄がこんなところまで来ていたことに、予想はしていたとはいえ、さすがのラウルも驚いた様子だった。

「妹を助けていただいたようで、感謝する」

兄が頭を下げると、ラウルはいつもそうしてきたように、雇われただけだからと困ったように言った。だが、それ以上のことをしてくれたことを、兄はもう知っている。

「ミラは聖女として、これからもこの国の復興に手を貸したいと言っている。できれば護衛として、傍にいてくれないか？」

「お兄様？」

まさか兄がそんなことを言うとは思わず、ミラは慌てた。

彼にどんなに助けられたのか、力強く語りすぎてしまったのかもしれない。

だが考えてみれば、正式に護衛として雇ってしまえば、ラウルはミラがこの国を離れるときまで傍にいてくれるだろう。

一番不安なのは、彼がひとりで旅立ってしまうことだった。

兄の提案は、それを解決してくれるかもしれない。

冒険者ではなく、正式に護衛として雇いたいと言われて、ラウルはしばらく考え込んでいた。

ミラは無意識に、祈るように両手を組み合わせていた。

「了解した」

だが、やがて彼はゆっくりと頷いてくれた。ミラはほっとして、肩の力を抜く。

(よかった……)

「ありがとう。改めて、妹を頼む」

差し出した兄の手を、ラウルもすぐに握っていた。

兄もまた、しばらくこの国に滞在して、魔物退治などをしてくれるらしい。

エイタス王国の国王がいつまでも他国に滞在してもよいのかと思うが、国には姉ふたりと母がいる。聖女が三人もいるのだから、守りは完璧だろう。

戦力が不足しているこの状態で、兄の助けは正直とてもありがたい。

兄がいれば、ラウルが危険に晒されることも少なくなるに違いない。

ラウルはそのまま見張りに残り、ミラは兄とともに教会に戻ることにした。

「強いな。ただ剣の腕だけではなく、強い信念を持っている男の手だ」

先を歩いていた兄が、ぽつりとそう呟いた。

それが誰のことを指しているのか、聞くまでもない。

（そう。ラウルは、祖国を取り戻すと決めたから）

兄にはけっして告げられない言葉を、ミラは心の中で呟く。

だからこそ、彼は強いのだ。

剣の腕は兄のほうが上かもしれないが、もし対峙するようなことがあれば、ラウルが勝つのではないかとミラは思っている。

この国での役目が終わったときこそ、ミラはラウルに共に旅をしたいと告げるつもりだ。

もちろん、彼は簡単に承知しないだろうし、兄も反対するに違いない。

それでもこの力は、大切な人たちを守るために授かったもの。

たとえ何があろうと、今までのように王城や神殿の奥深くで守られているつもりはなかった。

（そのためには、もっと体力をつけないとね）

今までのように、大きな魔法を使っただけで倒れているようでは駄目だ。

ラウルとは互いに助け合う間柄になれるように、少しずつ努力していくつもりだ。

そして兄が心配せずに送り出してくれるくらい、強くなりたい。

ミラはひそかにそう決意していた。

まずはジェイダーとともに、この国を建て直さなくてはならない。

きっと、魔物との戦いも頻繁に起こる。この国の貴族たちも、一筋縄ではいかないかもしれない。

でも隣に信頼できるラウルがいて、頼もしい兄も傍にいてくれる。

何よりも、聖女としての自分を信じている。
恐れるものは何もない。
ミラは、顔を上げて微笑んだ。
偽聖女として追放されて始まった旅は、ここで終わりを告げる。
これからは【護りの聖女】としての人生が、セカンドライフが始まっていくのだ。

偽聖女!? ミラの冒険譚 ~追放されましたが、実は最強なのでセカンドライフを楽しみます!~ 1

2021年11月25日　初版第一刷発行

著者　櫻井みこと
発行者　青柳昌行
発行　株式会社KADOKAWA
〒102-8177　東京都千代田区富士見2-13-3
0570-002-301（ナビダイヤル）
印刷・製本　株式会社広済堂ネクスト
ISBN 978-4-04-680906-3 C0093

企画　株式会社フロンティアワークス
担当編集　齊藤かれん（株式会社フロンティアワークス）
ブックデザイン　AFTERGLOW
デザインフォーマット　ragtime
イラスト　茲助

本シリーズは「小説家になろう」（https://syosetu.com/）初出の作品を加筆の上書籍化したものです。

ファンレター、作品のご感想をお待ちしています

宛先
〒102-0071　東京都千代田区富士見2-13-12
株式会社 KADOKAWA　MFブックス編集部気付
「櫻井みこと先生」係「茲助先生」係

二次元コードまたはURLをご利用の上
右記のパスワードを入力してアンケートにご協力ください。

https://kdq.jp/mfb

パスワード
zmdvh

●PC・スマートフォンにも対応しております（一部対応していない機種もございます）。
●お答えいただいた方全員に、作者が書き下ろした「こぼれ話」をプレゼント!
●サイトにアクセスする際や、登録・メール送信時にかかる通信費はご負担ください。